KB188374

얼어 죽어도 아이스 아메리카노

함께 들으면 좋은 OST

「 아이유 - Love poem 」

이솜 에세이

얼어 죽어도
아이스 아메리카노

미련하게 고집스러운 나를 위한 위로

필름

한때는 남들은 버티지 않아도 잘만 사는 것 같은데 '나만 도대체 왜'라는 의문이 끝없이 나를 괴롭히기도 했습니다. 나아지지 않는 상황이 늘어나는 한숨만큼이나 버거웠습니다. 유난히 남들보다 고민이 많고, 감정에 쉽게 무너지는 터라 점점 더 깊은 무력감에 빠졌습니다.

하지만 주변 사람을 다 버려도 나는 버릴 수 없으니 있는 마음 없는 마음 다 끌어와 나를 관찰하기 시작했습니다. 결함이라 치부했던 감정에 예민하고 고민이 많은 성격은 어쩌면 글을 쓰기에는 최적이었습니다. 그리고 글쓰기야말로 제가 정말 좋아하는 일이라는 것을 알게 되었습니다.

꽁꽁 숨기고 싶거나 애써 외면하고 싶던 나의 모습이 사실은 잘만 다루면 지금껏 해 온 어떤 것보다 더 나를 설레게 할 수 있다는 것을 이제 압니다.

나를 찾는 과정이 쉽지는 않겠지만 지나고 보면 분명히 꽤 괜찮은 내가 되어 있을 겁니다. 데리고 살기에 그렇게 나쁜 조건은 아니라고 고개를 끄덕이고 있을 지도요.

그런 의미에서 끝을 알 수 없는 무기력에 빠진 것 같다면 나를 가만히 들여다보고 지금의 내게 딱 맞는 할 일을 주세요. 좋은 사람이 되고 싶어서 남의 눈치만 보고 사느라 어느새 취향마저 잊어버린 나를 위해 해야 할 일들을 하나씩 하세요. 그렇게 하다보면, 나를 미치도록 설레게 하는 것을 찾을지도 모릅니다.

당신을 믿을 수 있기를 바랍니다.
당신에게 기댈 수 있기를 바랍니다.
부단히도 오늘을 살아내고 있는 당신을, 나는 믿습니다.

너무 자책하지 말고, 한 번쯤은 다 덮어두고 잘했다 칭찬해 주세요. 사실은 포기하지 않고 버티고 있는 것만으로도 충분히 대견하잖아요.

이 책이 당신에게 잠깐의 쉼표와
위로가 될 수 있기를 바랍니다.

2장. 지나갈 것은 지나간다

3장. 행복은 특별한 게 아니야

4장. 결국 모든 건 괜찮아질 거야

자존감에 얽매여 있는 그대로의
나를 부정할 필요도 없고
다른 사람이 되기 위해
스트레스를 받을 필요도 없다.
그저 지금 이 모습 그대로도, 괜찮다.

1장

얼어 죽어도 아이스 아메리카노

혼자만의 고요함

점점 어른이 되면서 최선이라 여겼던 관계들은 낯설 만큼 멀어졌고 점점 혼자가 되는 시간이 늘어났다. 주변 사람들은 넘쳐나는 사람들과 잘도 관계를 유지하며 살아가는 것 같은데 나만 외톨이가 된 것 같아 울적해졌다.

누구와도 연락하지 않고 혼자만의 고요함을 버텨야 하는 시간이 늘어날수록 '나'에 대해 들여다보기 시작했다.

어릴 때는 절대 나를 위해 쓰지 않았던 시간이다. 이를테면 마음에 드는 시집 한 권을 펼쳐 읽으며 좋아하는 구절을 곱씹는 일이나 따뜻한 오후의 볕을 받으며 생각과 감정을 잠시 내려놓고 무작정 시간을 내버려 두는 일.

혼자만의 시간을 온전히 즐기지 못한다면 누군가와의 관계에 치우칠 수밖에 없다. 그것은 관계라기보다 집착이며 의존이기 때문에 멀어지려 하면 할수록 두려워진다.

누구나 혼자만의 고요함을
충분히 누릴 시간이 필요하다.

타인과의 관계

다른 사람의 말 한마디에 쉽게 무너지는 스스로가 못나보여 한심하다고 욕을 하다가도 이내 안쓰러워지기 시작했다. 버림받을지도 모른다는 불안, 혼자 남겨질지도 모른다는 걱정.

"그냥 바빠서 그럴 거야. 너를 거부한 게 아니야."
"정말 그럴까? 아직도 연락이 없잖아!"

불완전한 관계에 대한 고민으로 나를 다독이다가 어느

얼어 죽어도 아이스 아메리카노

순간 돌변해 의심과 불안으로 발을 동동 구른다. 여전히 타
인과의 관계는 내 마음대로 되지 않는다. 그래도 거울 속 나
와 눈이 마주칠 때마다 버릇처럼 마음을 토닥인다.

"괜찮아. 나는 나를 내버려 두지 않을 거야. 그러니까 나
는 혼자가 아니야."

내가 아닌 누군가의 위로에 의지하려 할수록 결국에는
그 굴레를 벗어날 수가 없다.

나는 온전히 '나'여야 한다. 내가 신경 쓰고 눈치 보아야
할 사람은 나를 아프게 하거나 짐처럼 무겁게 느껴지는 다
른 누군가가 아니라, 이제껏 한 번도 눈여겨 바라보지 않아
토라질 대로 토라져 있는 '나' 자신이다.

제자리

/

'제자리'의 사전적 의미는 '위치 변화가 거의 없는 자리, 마땅히 있어야 할 자리'이다. 나는 늘 내가 있어야 할 '제자리'는 어디일까 생각했다. 밥솥은 싱크대 왼쪽에, 옷은 옷장 안에, 침대는 안방에, 별것 아닌 것처럼 보이는 저 물건들도 모두 제자리가 있었다.

모든 것이 각자에게 꼭 맞는 자리가 하나쯤은 있다던데 나의 제자리는 어디인지, 내가 마땅히 있어야 할 그 자리는 어디인지 항상 궁금했다. 그건 어쩌면 내 존재의 이유이기

얼어 죽어도 아이스 아메리카노

도 했다. 부모님에 대한 원망과 생각보다 쓸모없어 보이는 나 자신에 대한 분노 때문에 그렇게라도 해서 '그럼에도' 여기에 두 다리 붙이고 숨 쉬고 있어야 할 이유가 필요했다. 하지만 그렇게 끊임없이 이유를 묻다 보니 오히려 자꾸만 답답해졌다.

이 세상에서 내가 마땅히 있어야 할 곳이라는 게 있기는 한 걸까. 내가 떠나면 그 자리가 그리워지길 바라는 마음에 누구보다 독하게 살았다고 생각했는데, 막상 내가 떠나고 나면 그 자리가 어색하기는커녕 언제 그랬냐는 듯 보란 듯이 채워졌다. 날 보며 열심히 산다고 칭찬했던 그들은 내가 등을 돌린 그 순간, 나를 잊어버린 것 같았다. 내가 떠나면 다음 사람은 나보다 못한 사람이기를, 그래서 떠난 뒤에도 내가 돋보이기를 은근히 바랐는데… 어느새 그 자리에는 나보다 훨씬 더 나아 보이는 사람이 대신했다.

그들은 내가 부단히도 애썼다는 것을 기억이나 하고 있을까. 나 없이도 잘만 굴러가는, 아니 훨씬 더 잘 굴러가는 순간들을 바라보면 아무리 애써도 거기까지인 나의 한계를 보는 것만 같아 아려왔다.

그런 건 없다고. 나만의 자리, 나만 할 수 있는 자리, 내게 꼭 맞는 자리란 건 어쩌면 애초부터 없는 것일 뿐이라고 스스로를 포기했다. 누가 보아도 욕하지 않을 만큼 적당히 그렇게 저렇게 대충 시간을 때우고 마음을 버리고 억지로 버티며 하루하루를 살기 시작했다.

처음에는 기대하지 않으니 잃을 것도 없어 참 효율적이라고 스스로를 위로했지만, 시간이 지날수록 점점 힘들어졌다. 내게 닿는 모든 인연이 그냥 의미 없이 스치는 누군가에 불과했으니. "안녕히 가세요" 하며 인사하고 돌아서면 모든 것이 쓸모없게 느껴졌다. 함께 웃고 떠들며 나눴던 이야기들이 그저 그와 나 사이의 애매한 공간을 메울 정이 없어서, 그저 의미 없이 채우기 바빴던 가십거리에 불과했다는 것을, 등을 돌려 한 걸음 떼는 순간 깨달았다.

어쨌든 낭비되는 감정과 열정이 없으니 괴롭지는 않았지만, 이렇게 평생을 살아간다면 오랜 시간이 흐른 뒤 내가 지나온 길이 너무 고통스러울 것 같았다. 아무것도 남지 않을 테니… 덜컥 겁이 났다.

밥솥도 옷도 침대도 모두 저마다의 쓰임이 있고 자신에게 맞는 적당한 위치가 있다. 배가 고프면 밥솥에 밥을 짓고, 추우면 옷을 입고 그러다가 지치면 침대에 누워서 잘 수 있는, 평소에는 알지 못하다가 정말로 간절해지면 거기 그대로 있음에 안도할 수 있는 분명한 위치 말이다.

이제는 안다. 결국 내게 있어 제자리는 내가 숨 쉬고 있는, 그러다가 웃고 울며 치열하게 살아가고 있는 '이곳'이라는 것을.

굳이 정하지 않아도 내가 선택한 순간들이, 누군가 나를 부르면 "왜?"하고 답할 수 있는 이 순간들이 나의 제자리라는 것을.

지나온 모든 자리마다 때로는 뜨겁게 때로는 차갑게, 그때의 온도가 묻어 있다. 적어도 내게 있어선 가장 적당한 마음으로. 그렇게 생각하니 아쉬울 것도 후회스러울 것도 없었다.

얼어 죽어도 아이스 아메리카노

나는 온전히 '나'여야 한다.

내가 가장 신경 쓰고 눈치 봐야 할 사람은

이제껏 한 번도 눈여겨 바라보지 않아

토라질 대로 토라져 있는 '나' 자신이다.

그냥 있는 그대로

나는 타인의 시선을 많이 의식하고, 타인의 사소한 비난에도 쉽게 좌절하며 상처받는다. 사소한 걱정을 대단한 일이라도 되는 것처럼 미리 걱정하고, 가끔은 나를 좀먹는 듯한 불안과 우울에 사로잡히기도 한다. 누군가 나에 대해 칭찬하면, 시키지 않아도 나의 단점들을 늘어놓으며 시원하게 나를 깎아내린다. 또 가끔은 나를 희화화하여 상황을 웃기려 하거나, 무슨 일을 시작하려고 할 때마다 '내가 무슨'이라는 단서를 붙이기도 한다. 결국 나는 자존감이 낮은 사람들의 특징을 모두 가지고 있었다.

그럼에도 불구하고 나는 나를 아낀다. 아주 많이. 비록 자존감은 좀 낮을지라도, 나는 여전히 나를 아끼려고 애쓰며, 매 순간 나아지기 위해 노력한다. 나를 향한 애정이 없다면 있을 수 없는 일이다.

나를 아끼기 위해 애쓰고 있다는 사실만으로도 충분하다. '자존감'에 얽매여 있는 그대로의 나를 부정할 필요도 없고, 다른 사람이 되기 위해 스트레스를 받을 필요도 없다. 그저 지금 이 모습 그대로도, 괜찮다.

내가 하고 싶을 때

아이를 데리러 어린이집에 갔다. 늘 그랬듯 선생님 손을 잡고 걸어오는 아이를 보고 열 손가락을 활짝 펼쳐 힘껏 손을 흔드는데, 웬일인지 아이에게선 아무런 반응이 없었다. 선생님이 말하기를 날이 더워 아이들과 물총 놀이를 했는데, 물이 몸에 닿으니 아이가 기겁을 했단다. 그때부터 아이는 기분이 좋지 않은 모양이었다.

"무서웠어?"

"응."

얼어 죽어도 아이스 아메리카노

"그래서 싫다고 했어?"

"응."

"잘했어. 앞으로도 싫은 건 싫다고 해."

많이 놀라고 무서웠을 아이가 자꾸만 떠올라 마음이 시큰했다. 나는 아이에게 속삭였다. 눈치 보지 말고 마음껏 싫다고 해도 괜찮다고, 그래도 누군가 억지로 무엇을 하게 한다면 차라리 잠시 그곳을 떠나버리는 것도 괜찮다고. 하다 하다 안 되면, 엄마 손을 꼭 잡고 동네를 빙빙 돌다가 마음의 준비가 되면, 그때 시작해도 되니까. 조금 늦는다고 크게 문제될 건 없다고. 그래도 하고 싶지 않다면 굳이 힘내어 할 필요는 없다고 말이다.

지금 반드시 해내야 할 것만 같은 순간도 지나고 보니 꼭 그런 것만은 아니었다. 제대로 몸을 풀지 않은 채 세상의 속도에 맞춰 뛰어가려고 하면 발목이 부러지고, 세상의 온도에 어설피 맞춰 호기롭게 얇은 옷을 꺼내 입었다가는 훌쩍 대기 십상이다.

무엇이든 나에게 맞는 것이 있다. 세상 사는 것이 꼭 하고 싶은 것만 하며 살 수는 없지만, 그렇다고 해서 하기 싫은 것을 꼭 해야 하는 것도 아니지 않은가.

얼어 죽어도 아이스 아메리카노

하기 싫은 것은 싫다고 말할 수 있는

거절의 용기가 필요하다.

굳이 다른 사람에게 나를 맞출 필요는 없다.

'내'가 준비되었을 때

'내'가 하고 싶을 때

그때 시작하면 된다.

——————————

할 수 있어

"넌 아직 어리니까 안 돼."

"이건 네가 할 수 없어."

"하지 마."

가끔 아이에게 이렇게 말하는 사람들이 있다. 그럴 때면 잔뜩 실망한 듯 풀이 죽은 아이의 모습에 화가 치솟았다. 그럼 나는 아이에게 이야기한다.

"넌 어리지만 할 수 있어."

얼어 죽어도 아이스 아메리카노

"이것 역시 넌 할 수 있어. 해 봐."

"엄마가 도와줄게. 해 볼까?"

　그럼 아이에게 못한다고 말했던 사람은 어색한 표정을 짓고 아이는 혼란스러워한다. 그럼에도 내게 중요한 진실은 딱 하나, 세상이 만든 그릇된 믿음을 결코 이 아이에게 물들일 수 없다는 것.

　어릴 때는 하지 말라고 하면 더 하려고 들고, 세상에 대한 겁보다는 호기심과 행동이 먼저 나온다. 하지만 점점 어른이 되면서 호기심보다는 안전한 것을 찾게 되고 행동보다는 고민을 먼저 하게 된다. '해 보자!'가 아닌 '할 수 있을까?' 주저한다.

　아이를 키우며 알게 된 사실이 하나 있다. 아이는 자신을 바라보는 어른들의 그릇만큼 자란다는 것. 위험하다는 이유로, 아직 어리다는 이유로, 혹은 귀찮아진다는 이유로 아이의 도전을 제지하고 가만히 있는 것을 칭찬하는 어른들.
그 안에서 아이는 안전을 가장 최우선의 가치로 여기고 자
란다. 낯선 것을 경계하는 것 그리고 될 만한 것만 골라 하는
것. 그렇게 가장 편하고 가장 게으른 모습들을 그대로 보고
배운다.

가끔 '나는 할 수 없어. 어차피 안 될 거야.' 라는 생각에
지레 겁을 먹고 포기하고 싶을 때면 '이게 정말 내 생각일까?
어쩌면 누군가에 의해 만들어진 거짓이 아닐까?' 하는 생각
이 들곤 한다.

얼어 죽어도 아이스 아메리카노

삶은 내가 부여한 가치에 상응하는 만큼 주어진다.

결국 그 가치는 주어지는 것이 아니라

스스로가 판단하고 믿는 것에 의해 결정된다.

'삶'이라는 단어에 그리 겁먹을 필요는 없다.

까짓것 당당하게 스스로를 믿고 해 보는 거다.

내 인생이지 않은가.

아무리 누군가가 '할 수 없어'라고 해도

나는 '할 수 있어!'라고 믿자.

————————

나인 척

/

그동안 '나는 왜 이럴까?' 라는 의문이 언제나 나를 쫓아 다녔습니다. 나를 사랑하지 않는다는 스스로의 부족한 믿음에 늘 그런 내가 불만이었고 한심해 보였습니다.

그런데 지나고 보니 그런 의문을 품고 있었던 것조차도 사실은 나를 아끼고 있었기 때문이란 생각이 들었습니다.

그러지 않고서야 그런 의문을 품을 이유가 없지요. 나는 예전에도 지금도 여전히 나를 포기하지 않았습니다.

놓지만 않는다면, 내일은 또다시 시작됩니다. 지금 나를

얼어 죽어도 아이스 아메리카노

지배하고 있는 듯한 불안도 오늘의 것일 뿐이지, 내일도 찾아오리라는 보장은 없습니다.

언제나 나는 나여야 하며, 내가 아닌 것들이 나인 척 둔갑하게 내버려 두어서는 안 됩니다.

의문을 질문으로

"나는 왜 이것밖에 안 될까?"라는 의문을 "달라지려면 지금 당장 무엇부터 해볼까?" "내가 더 잘할 수 있는 건 뭘까?"와 같은 질문으로 바꾸어 생각해 보세요. 아마도 당신은 이보다 더 훌륭한 질문으로 바꿀 수 있을 거예요.

팀 페리스는 《타이탄의 도구들》에서 '의문은 삶의 수준을 결정하고, 질문은 삶 자체를 바꾼다'고 말했습니다. 모든 것은 의문에서 시작되며, 의문을 질문으로 바꾸는 순간 삶은 움직이기 시작합니다.

얼어 죽어도 아이스 아메리카노

그래서 나에 대한 정의를 다시 쓰기 시작했습니다. 과거는 던져 두고 어쨌든 지금 '나는 나를 아끼는 사람이다!' 라고요.

나는 나를 부단히도 아끼는 사람입니다. 그러니 스스로를 너무 탓하지 말고 아껴 주자고요!

만족하지 못하면 외롭다

불만이 많은 사람은 대부분의 잘못을 타인에게 돌리고, 걱정이 많은 사람은 쓸모없는 것까지 굳이 싸잡아 자신에게 돌린다. 전자의 경우에는 화가 많고, 후자의 경우에는 슬픔이 많다. 그리고 둘 다 외롭다.

불만이 많은 사람은 세상에 만족하지 못하며, 걱정이 많은 사람은 자신에게 만족하지 못한다. 세상에게 그리고 자신에게 지나치게 높은 기준을 세우고 있다. 그래서 불만이 많은 사람에겐 세상에 너무 이상한 사람들이 많은 것 같고, 걱정이 많은 사람에겐 내가 늘 부족해 보인다. 그런데 그들이 생각하는 평균이란 사실 그 이상의 삶이지만, 그렇다는 것조차 인식하지 못한다.

세상을 향한 그리고 나를 향한 불만과 걱정은 시간이 지나며 분노로 색을 바꾸게 되고, 해결되지 않은 분노는 어떤 방식으로든 나를 좀먹는다. 세상 속에서 나를 단절시킨다. 사람들이 나를 떠나는 것처럼 보이지만, 사실은 그 폭탄을 남에게 돌리기가 두려워서 자신만의 방법으로 세상 속에서 고립시키는 것일지도 모른다.

사실 부족해서가 아니라 만족하지 못해서 생기는 문제다. 이상과 현실을 정상과 비정상으로 나누어 바라보는 것이다. 그럭저럭 이만하면 괜찮다는 마음이 필요하다. 그렇지 않아 보이더라도 그래도 이 정도면 양호한 것들을 찾아야 한다. 그리고 그것에 감사할 줄 알아야 분노가 가라앉고, 하나둘 쌓여 습관이 되면 마음이 편안해진다. 만족의 다른 표현은 감사이다.

오롯이 혼자이기 어려운 사람

누군가와 함께 했던 기억이 가끔 나를 버티게 하는 힘이 되어 주기도 하는 이유는, 나를 대할 때 그가 주었던 작은 선물 같은 것들 때문이었다. 이를테면 나를 쳐다보는 그의 사랑 어린 눈빛, 나를 위해 기꺼이 자신의 시간을 내어주던 마음 같은 것들, 잊고 살다가도 문득 떠오르는 그 따스함에 겁도 없이 행복해졌다가 지금은 곁에 아무도 없다는 사실에 펑펑 울게 만드는 그런 것들. 지금 곁에 없음으로 인해 더 간절해지고 극적으로 아름다워진다.

여전히 막연하지만 잊혀지지 않는 그 느낌을 이유로, 그 시절 나는 꽤 따뜻했었다고 결론짓는다. 사실은 꼭 그런 것만은 아니었을지라도, 그런 순간이 몇 번만 되어도 나는 정말로 그러 했었다 단정짓는다. 살다 보니 내게 필요한 것은 사실 여부가 아니라 한때 나도 누군가의 삶을 바꿀 만큼 강력한 존재였다는 믿음이었다. 그 믿음이 두터울수록 새롭게 맺어야 하는 관계가 두렵지 않으며, 때로 상처받더라도 일어나는 시기가 빨라졌다.

오롯이 혼자 설 수 있는 사람은 혼자여도 둘이여도 흔들림이 없다. 하지만 오롯이 혼자서기가 힘든 사람은 혼자일 때 쉽게 무너진다. 결국 혼자 서는 연습이 필요하다.

지금은 그렇지 않더라도 한때 나도 누군가에게 정말로 소중한 사람이었다는 기억, 그런 사람이 생각해보니 적지 않았다는 믿음, 그렇기 때문에 내가 생각하는 것만큼 그리하찮은 사람은 아닐 거라는 확신, 이런 것들로 벽 하나를 세운다. 혼자 서든 기대어 서든 어쨌든 중요한 것은 타인에게 기대지 않고 홀로 서는 것이니까. 그런 의미에서 가장 가여운 사람은 앞만 보고 달리느라 기억조차 없는 사람이다.

내게 있어서 모든 기억들을 통틀어 그 어느 것과도 바꿀 수 없는 단 하나의 존재가 나라는 사실을 인정하는 때, 그때를 맞이할 준비를 하고 있다. 벽이 있었다는 것조차 알아차리지 못할 만큼, 두 발로 단단히 서 있을 그때를 기다리고 있다. 그러니 정말로, 그렇게 조급해 할 필요는 없다.

얼어 죽어도 아이스 아메리카노

나를 들여다보고 정리해 보는 시간을 가질수록

새롭게 시작할 수 있는 용기와 당당함이 생긴다.

관계에 지치고 힘들다면,

불필요한 관계를 정리하는 것부터 시작하자.

주소록을 정리해야 사람이 남는다

사람이 사람을 안다는 것이 지겨울 때가 있다. 안다는 것이 곧 이해하는 것은 아니라서, 어설피 아는 사람이 모이고 모이면 아는 사람은 많은데 나를 '잘' 아는 사람은 없어서 모든 것이 의미 없게 느껴진다. 무작정 늘어나는 관계망은 곧 권태와 무기력을 끌어들인다. 사람이 많다는 어설픈 기대는 사실 보잘 것 없었다는 실망을 드러낸다.

아무 이유 없이 만나서 밥만 먹어도 어색하지 않은 사람, 그렇게 밥만 먹고 헤어져도 얼굴을 마주했다는 사실에 든든

얼어 죽어도 아이스 아메리카노

한 사람, 그러다 연락이 뜸해져도 그의 자리에서 부지런히 살아가고 있다는 사실에 든든한 사람, 언젠가 나의 장례식에 말없이 국화꽃 한 송이를 올려놓고 한참을 머물다 갈 사람 혹은 내가 그렇게 할 사람. 이웃을 맺은 친구가 늘어날수록 그런 사람을 얻기가 어려워진다.

때로는 연락조차 자주 하지 않는 그에게 당당하고 싶어 헝클어진 머리를 곱게 빗기도 하고, 망가지려 하는 마음을 추스른다. 그러다 오랜만에 만나면, 입 안 가득 하고 싶은 말을 담았다가 어느새 나만큼이나 시간을 껑충 뛰어버린 듯한 모습에 말을 삼키곤 한다. 테이블 위에 지난 시간의 공백을 차려놓고 하나둘 집어 삼키며 달라진 그의 모습을 소화하려 노력한다. 그러다 목이 턱하고 막히면 허겁지겁 물로 쓸어내리는데, 그의 걱정스런 눈초리에 헤벌쭉 웃어버린다. 조심스레 서로의 요즘을 물으며 또다시 그의 어제와 오늘을 부단히도 연결한다. 눈치를 보아하니 그 역시 마찬가지였다.

쏟아낸 말이 없으니 집으로 걸어가는 걸음이 묵직했다. 유난히도 닮고 싶은 사람, 때로는 스승처럼 또 때로는 오래 묵은 친구처럼 늘 곁에 두고 싶은 사람, 그런 사람이 있다. 남들 따라 아는 사람을 늘려갈 때는 볼 수 없었던 그 귀한 사람을 가장 외로울 때 사귀었다.

인생에는 때로 서로의 삶에서 조금은 거리를 둔 채 묵묵히 지켜봐주는 그런 사람이 필요하다. 추억은 없고 이름만 덩그러니 남아있는 주소록을 지워야 비로소 소중한 사람이 남는다.

사람이 사람을 안다는 것이 지겨울 때가 있다. 안다는 것이 곧 이해하는 것은 아니라서, 어설피 아는 사람이 모이고 모이면 아는 사람은 많은데 나를 '잘' 아는 사람은 없어서 모든 것이 의미 없게 느껴진다. 무작정 늘어나는 관계망은 곧 권태와 무기력을 끌어들인다.

누군가 머물다 떠난 자리

사람이 잠시 머물다 떠난 자리에는 그가 흘려놓은 말들이 어지러이 놓여 있다. 그것들은 섞이고 섞여 독특한 향과 색을 만든다. 그래서 홀로 남아 그를 생각하면, 그의 얼굴이 떠오르기도 전에 나의 오감이 먼저 마중하곤 한다.

어떤 사람은 그야말로 상큼발랄한 과일 같아서 '톡'하고 건드리면 과즙이 터질 것 같아 침을 꿀꺽 삼키게 하고, 또 어떤 사람은 색이 분간되지 않을 정도로 칙칙한 인상이어서 얼굴을 찌푸리게 한다. 그러면 다시는 그를 보고 싶지 않았

얼어 죽어도 아이스 아메리카노

고, 그의 얼굴만 떠올리면 오한이 들 정도였다.

내가 떠난 자리엔 어떤 말들이 남아서 일렁일까.

어떤 향과 색으로 기억될까.

관계 정리

/

정리할 것이 많다는 건 시작할 수 있는 기회도 많다는 뜻
이다. 삶에도 정리가 필요하듯이, 관계에도 정리가 필요하
다.

나와 당신의 관계, 나와 나의 관계에도.

늘 집안을 정리하고 필요없는 물건을 내다 버리는 등의
정리는 당연하게 하면서도, 불필요한 마음과 관계를 정리하
는 일은 어렵기만 하다. 계속해서 마음에 쌓아두고 가는 관

얼어 죽어도 아이스 아메리카노

계는 언젠가는 나를 무너뜨리고 만다.

　나를 들여다보고 정리해 보는 시간을 가질수록 새롭게 시작할 수 있는 용기와 당당함이 생긴다. 관계에 지치고 힘들다면, 불필요한 관계를 정리하는 것부터 시작하자.

인생의 맛

어릴 때는 '맛'이라는 것이 단순해서 음식이란 그저 '맛있다' '맛없다'로 나뉘었다. 시간이 흘러 어른이 된 지금은 '맛'에도 심오한 정도의 차이가 있다는 것을 이해한다.

하루 종일 짜증나게 하는 직장 동료 때문에 머리가 지끈거릴 때, 청양고추 세 개 정도 얇게 썰어 넣은 라면을 냄비째 잡고 들이키는 그 맛.

금요일 밤, 곤히 잠든 아이를 뒤로한 채 발꿈치를 들고 살살 기어 나와, 방금 배달된 치킨을 한 입 베어 물며 캔 맥주

얼어 죽어도 아이스 아메리카노

를 입 안 가득 담아 꿀꺽 삼키는 그 맛.

별 시답잖은 내용으로 남편과 언성을 높이고 난 후 얼음 가득 채운 냉수 한 잔을 벌컥 마시며 남은 얼음을 와드득 씹어 먹는 그 맛.

오랜만에 남편과 단둘이 데이트한다고 고르곤졸라 피자에 올리브 파스타를 고상 떨며 먹고서는, 결국 집에 와 냉장고 속에 있는 반찬에 고추장 한 숟가락 듬뿍 넣어 팍팍 비벼 먹는 그 맛.

그렇게 평범한 일상에 가끔 숨이 턱하고 막혀오는 날, 아무것도 먹지 않았는데 목 끝까지 뭔가 꽉 차올라 구역질이 날 것처럼 억울한 날, 배는 고픈데 며칠째 입안이 까슬까슬해서 뭔가를 삼키는 게 유독 힘이 드는 그런 날. 한 끼라고 불릴 만한 무언가를 먹는 것조차 사치라고 느껴질 때, 그럴 때 생각나는 맛은 평소 즐겨 먹던 라면도 치맥도 얼큰한 육개장도 아닌, 뜨거운 김이 폴폴 나는 밥에 물을 좀 붓고 손으로 대충 찢은 김치를 올려 먹던 그 맛이었다. 그거 하나면 속이 따뜻해졌다.

그 맛을 느낄 때면, 아무리 바쁘고 힘들어도 밥 짓는 냄새를 잊고 살아선 안 된다고, 내어줄 것은 없어도 김이 폴폴 나는 하얀 쌀밥 정도는 지어줄 수 있는 여유를 가지고 살아야 한다고, 밥 한 숟가락 듬뿍 퍼서 한입 가득 넣었을 때 느껴지는 그 따뜻하고 다정한 온도로 "밥은 먹었어?" 하고 물어볼 수 있는 사람이 되어야겠다고 다짐한다.

얼어 죽어도 아이스 아메리카노

힘든 순간을 이겨내다 보면

당신에게도 꼭 따뜻하고 찬란한 봄이 올 거예요.

그렇게 모든 것이 괜찮아질 거예요.

_____

나를 함부로 재단하게 두지 말 것

누군가의 제안에 "안 되는데…" 혹은 "글쎄요…"라고 말 끝을 흐리는 순간 표적이 된다. 머리는 싫다고 이야기하라고 재촉을 하지만, 그게 그렇게 쉽지가 않다. 되바라져 보일까봐 망설이는 사이 나는 만만한 사람이 되어버린다. 시간이 지날수록 돌이키기 어려워진다.

타고나기를 거절을 잘하지 않는 이상 연습만이 유일한 길이다. 때로는 대본 리딩을 하는 배우처럼 거절하기도 연습이 필요하다. 이리저리 끌려 다니는 구질구질한 인생에서

얼어 죽어도 아이스 아메리카노

이제는 벗어나고 싶었다. 기억 속에서 거절하지 못해 뒤늦게 분통을 터뜨렸던 장면들을 하나하나 끄집어내어, 허공에 대고 "싫어!"라고 소리를 지른다. 구질구질하게 끌려 다니지 않기 위해 설거지를 하다가 밥을 먹다가 샤워를 하다가, 틈나는 대로 연습을 한다.

어떤 상황에서도 내키지 않을 때는 단호하게 거절해야 한다. 인생은 녹화가 아니라 생방송이다. 그러니 여러 번 리허설을 해야 한다. 거절에 이유는 중요하지 않다. 핑계를 대기 위하여 다른 사람 이름을 언급하는 순간, 역시 표적이 된다. 반드시 거절의 주체와 이유는 '나'이며 '싫다'여야 한다. 싫다고, 안된다고. "왜?"라고 질문을 가장한 설득에는 같은 말만 반복한다. 상대방에게 같은 말만 반복하는 게 미안할 때는, 그 감정 그대로 "미안하지만 정말 안 돼요"라고 말하면 그만이다. 내가 연습해야 할 말은 여러 가지 이유를 대는 것이 아니라 '싫어'와 '안 돼', 두 가지뿐이다. 나는 그렇게 만만

한 사람이 아니라고 열을 올려 분개할 이유가 없다. 어차피 구구절절 설명해 봤자 그들은 관심이 없다. 거절과 침묵, 그 두 가지가 나의 유일한 방패가 되어야 한다.

얼어 죽어도 아이스 아메리카노

인생은 녹화가 아니라 생방송이다.

그러니 여러 번 리허설을 해야 한다.

거절에 이유는 중요하지 않다.

핑계를 대기 위하여 다른 사람 이름을

언급하는 순간, 역시 표적이 된다.

반드시 거절의 주체와 이유는

'나'이며 '싫다'여야 한다.

_____

그럼에도 놓지만 않는다면,
지나갈 것은 결국에는 지나갔고
고개를 드니 내 앞에는
다른 세상이 있었다.

2장

지나갈 것은 지나간다

그땐 알지 못했다

/

잠드는 것이 유난히 두려운 날이었다. 누구보다 일찍 눈을 떠서 누구보다 의자에 오래 앉아 있었고, 누구보다 늦게 스탠드 불을 껐다. 그럼에도 자꾸만 시험에 떨어지던 때였다. 그래도 그나마 가진 게 젊음뿐인데 젊음만으로 밥 벌어 먹고살기에는 턱없이 부족했다. 남은 것이라고는 텅 빈 주머니와 남아도는 시간뿐이었다.

다른 일을 하겠다고 뛰쳐나갈 의지와 확신이라도 있었다면 그렇게 비참하지는 않았을 텐데. 그나마 그 지긋지긋한

얼어 죽어도 아이스 아메리카노

가난을 벗어나게 해줄 것이라 굳게 믿었던 시험마저 자꾸 떨어지니, 좁은 고시원 방에 불을 끄고 누워 있으면 이대로 시간만 흐르는 것 같아 미쳐버릴 것 같았다. 그땐 미래가 그려지지 않는 젊음만큼 나약한 것은 없다고 생각했다.

이런 상황의 연속이었으니, 어느 날 갑자기 우울감이 찾아온 건 당연한 일이었다. 우울감으로 인해 밤마다 쉽게 잠들지 못했다. 졸음이 몰려와 자꾸만 눈이 감기는 것보다 다음 날 또다시 눈을 떠야만 한다는 것이 힘들었다. 눈을 뜨면 어제와 똑같은 날이 반복될 테니까.

모두가 잠든 늦은 밤, 세상을 시끄럽게 만들던 온갖 소리마저 잠잠해지고 나면 우울감은 어김없이 날 찾아왔다. 어느 날에는 불안이라는 이름으로, 어느 날에는 걱정 혹은 분노라는 이름으로.

떨쳐내려 발버둥을 치면 칠수록 머리는 지끈 조여 왔고, 이겨내려 다른 생각을 하면 그 생각마저 나를 검게 물들였다. 그런 날에는 타이레놀 두 알을 삼켜야 겨우 몸을 일으킬 수 있었다.

나아질 미래보다 버텨 내야 하는 시간이 더 무섭게 느껴져서 꿈을 꾸는 것도 사치 같았다. 눈을 뜨면 온갖 생각에 머리가 아팠고 눈을 감으면 무작정 두려워졌다. 몸이 긴장을 풀지 못하니 설령 잠이 든다고 해도 악몽을 꾸다가 소스라치게 놀라며 깨곤 했다.

그런데 참 우습게도 시간은 흘러갔고, 안 될 일은 기를 써도 안 됐지만 그럼에도 될 일은 어떻게든 되었다. 그렇게 기대하고 긴장하고 발악하던 때는 시험에서 연신 떨어지더니, '에라 모르겠다. 이번에도 안 되면 어찌 되든 다른 일이라도 해야겠다'고 미련 없이 책을 쓰레기통에 버려버리자 덜컥 붙고 말았다.

긴장을 놓아버리자 영원히 끝나지 않을 것 같던 악몽도

얼어 죽어도 아이스 아메리카노

서서히 발길을 끊기 시작했다. 그렇게 잠들려고 발버둥을 치던 때는 안 되던 것이 의식을 놓아버리자, 다음 날 아침이 되어 있었다. 마음에서 잘 놓는 것 역시 꾹꾹 눌러 담아 채우는 것만큼 중요하다는 걸, 좁은 고시원 방 안에서 삼 년을 울고 나서야 알게 되었다.

놓는다는 것은 어쩌면 믿는다는 것임을.

인연 끝에 남겨지는

어제의 모습과 오늘이 다름을 알아차리는 것.

잠시 마음 두었던 것의 내일을 미리 슬퍼하는 것.

꽃잎의 가장자리가 누렇게 변하기 시작할 때면 이러지도 저러지도 못하는 마음은 못내 뜨거워졌다. 그러니까 나는 지고 나면 슬플 걸 알면서도 가끔 지나치지 못하고 꽃을 샀다. 내 손에 쥐여진 꽃은 이미 뿌리가 잘려 버렸으니 살아 있지만 죽어가고 있었고, 죽어가지만 여전히 살아 있었다.

한동안 비가 내리지 않았다. 땅은 마르고 그 위에 이슬아

슬하게 피어난 이파리들은 시들했다. 땅 아래 뿌리를 내린 나무도 뿌리가 잘린 꽃도 그리고 두 다리로 땅 위에 홀로 서 있는 나도, 시들거렸다. 죽어가고 있음에도 온 힘을 다해 흐드러지게 꽃잎을 피우고 있는 꽃을 바라보며, 더운 여름에 지치지는 않을까 하고 매일 줄기 끝을 다듬고 깨끗한 물에 얼음 두 개를 동동 띄워 주었다.

그럼에도 뿌리를 잃어버린 꽃은 자꾸만 고개를 떨구었다. 그러면 나는 그저 미안해져서 덩달아 마음이 숙연해졌다. 다가올 슬픔을 준비할 때가 되었다고. 분홍색 꽃잎이 누렇게 물들면 아무리 깨끗한 물로 갈아주어도, 물이 금세 누렇게 바뀌고 냄새가 났다. 그 냄새를 맡고 있으면, 나는 마침내 꽃이 시들었음을 인정할 수밖에 없었다.

한때의 향기와 또 한때의 미움이 뒤섞여 고얀 냄새를 풍길 때면, 나는 아직 차지 않은 종량제 봉투를 묶어 내보내야 했다. 생이 다한 꽃을 바라보는 것도, 그것을 화병에서 꺼내어 종량제 봉투에 욱여넣는 것도 그리고 누렇게 썩은 물을 버리고 화병을 씻는 것도, 어느 것 하나 슬프지 않은 일이 없었다. 사람이든 아니든 생명이 깃든 모든 것에는 공들인 만큼, 기뻐했던 마음만큼 꼭 흔적을 남겼다.

흔적도 없이 사라졌는데, 그 흔적을 기억하는 것은 온전히 내 몫이었다. 다시는 구질구질하게 그러지 않겠노라고 다짐했지만, 여전히 난 마음을 쏟고 사랑을 한다.

우습게도 안 될 일은 기를 써도 안 됐지만

그럼에도 될 일은 어떻게든 되었다.

그러니 어쩌면 지금 우리에게 필요한 건

잠시 여유를 갖고 마음의 짐을 내려놓는 일이다.

———————

기대하지 않는다는 것은

에어컨을 틀지 않으면 한낮의 더위에 마룻바닥이 지글거렸던 여름, 도로의 아스팔트는 김을 내뿜으며 분노하고 있었고, 그 위를 털레털레 걸어가던 나는 지나칠 만큼 예민해졌다. 주말 오후, 찾는 이도 할 일도 없어 땀에 흠뻑 젖은 채로 상가와 상가 사이, 좁게 난 길을 무작정 걷다가 힘이 풀리고 나면 비틀거리는 다리로 자취방에 돌아왔다.

굽이 까져 쇠심을 드러내고 있는 구두를 벗고 하루 종일 숨을 옥죄던 브래지어도 아무렇게나 벗어 던지고, 야경이랄

것도 없지만 바깥이 훤히 보이는 창가에 앉았다. 한동안을 멍하니 앉아 있다가 군데군데 물집투성이인 발가락을 꼬물 꼬물 움직였다. 쓸데없이 힐은 왜 신었냐고 투덜대면서.

이 방바닥도 대낮엔 무진장 뜨거웠겠지 하고 양발을 바 닥에 대었다. 그러고 나서 참 빨리도 식어버리네 하고 발을 떼었다가 줏대 없이 싱거운 모습이라며 피식거렸다.

누군가를 향해 반짝거리는 마음을 잊어버린다는 것은 적 어도 최소한의 내 마음만큼은 지키겠다는 순수한 방어의 일 종이다. 적당한 거리를 두고, 다가가지도 다가올 수도 없게 함으로써, 나약해서 쉽게 상처받는 나의 속살을 드러내지 않아도 됐다.

내 생일을 아는 이가 점점 줄어들고 여전히 나는 외로웠 지만, 누군가의 생일을 기억하고 챙기지 않아도 되니 시간 과 돈 그리고 감정 중 어느 하나 소비하지 않아도 되었다. 이 것은 나의 것 그리고 저것은 다른 사람의 것, 서로의 책상 위에 놓은 사소한 물건들에서조차 명확히 선을 긋고 벽을 두껍게 했다. 가끔 벽 너머에서 멍한 표정으로 한숨을 내쉬는 동료가 궁금하긴 했지만, 쓸데없는 오지랖이라며 꾹꾹 눌러 묻어두었다.

좀 내어 보이면 어떻다고 그렇게 단단하게 선을 긋고 벽을 치고 있었던 건지. 서로를 향한 침묵이 뭐 대단한 미덕이라도 되는 양 고수했다.

언제까지 이렇게 살 수는 없으니 불안했지만, 언젠가는 나아질 때가 올 거라며 억지로 눈을 감았다. 모든 것에 모든 사람에게 거리를 두었다. 마음과 마음이 부딪쳐서 누군가의 말끝에 움츠러들 일이 없으니 편했지만, 반대로 정말이지 고독했다. 텅 비어 있는 것조차 외로워서 잠이 드는 순간까지 텔레비전을 틀어 놓았는데, 그럴 때면 꼭 꿈속에서 누군가에게 매달렸다.

얼어 죽어도 아이스 아메리카노

더는 어떤 것에도 기대하지 않는다는 건, 그것에 대한 모든 것을 잃어버린다는 것임을 깨달았다.

놓아야 할 때 잡아야 할 때

손에 꽉 쥔 과거를 내려놓는 것이 정말 힘들었다. 그리고 그 손 위에 미래를 그려 넣는 것, 그것은 좀 더 힘들었다. 그런데 그중 제일은 그 사이를 비워두는 것이었다. 그러니까 내려놓음과 채워 넣음 사이에 있는 볼품없는 굳은살을, 사이사이의 잔주름을 아무런 말도 생각도 없이 그냥 그대로 바라보는 것이었다. 그건 정말로 힘든 일이었다.

부산 대연동의 한 상담가는 내게 옛날의 어린 나를 이해해야 한다고 했다. 텔레비전에 자주 나오는 유명 강사는 늘 반짝거리는 꿈을 꿔야 한다고 말했다. 이것도 저것도 막상

하려니 어지러워 펼친 책에는 거울 속에 비치는 지금 내 눈을 보아야 한다고 적혀 있었다.

도대체 왜 이러고 있는 걸까 싶은 생각에 무작정 피곤해졌다. 잠을 자려고 누우니 온갖 생각이 뒤섞여 머리를 괴롭히고, 일어나 가만히 앉아 있자니 뭐라도 해야 할 것 같은 강박감에 불안해졌다.

먹은 것도 없는데 속이 갑갑할 때면 차가운 냉장고에 손을 넣어 맥주를 찾았다. 입 안 가득 맥주를 채워 한꺼번에 '꿀꺽' 하고 삼키면 꽉 막힌 듯한 숨구멍이 조금 트이는 것 같았다.

나는 도대체 왜 놓아야 할 때와 잡아야 할 때를 구별하지 못하고, 아무것도 하지 않아야 할 때를 잃어버리고 후회할까. 오지 않은 것을 미리 후회하고 그렇게 또 후회하느라 놓쳐버리는 걸까.

온전히 나를 이해하는 것부터

8월 한낮에 에어컨을 끄고 창문을 여니 시원한 바람 대신 매미 소리가 방안을 가득 채웠다.

욕심으로 똘똘 뭉쳐 살던 나는 독기로 무장하고 있었고, 그런 내 곁에 아주 가끔 귀인이 다가왔다가도 깜짝 놀라 달아나곤 했다. 누군가 내게 베푸는 호의도 반드시 되갚아야 하는 빚처럼 느껴져서 적당히 선을 긋고 또 적당히 물러나며 누구도 내게 다가오지 못할 벽을 쌓았다.

내게 남겨지는 이익이 없이는 누구에게도 베풀 줄 몰랐던 나는 귀인의 호의가 도무지 이해되지 않았고, '그냥 주는 것'이라 말하는 귀인에게 내가 이해할 수 있게 해달라고 닦달하곤 했다. 결국은 귀인이 제풀에 지쳐 슬그머니 마음을 돌리는 것을 보며, '역시'라든가, '그럼 그렇지'라는 말로 떠나는 이에게 비난을 퍼부었다.

　　내가 만든 볼품없는 방 안에 갇혀 다른 사람의 말에 귀를 기울이지 않았고, 주머니에 두 손을 넣은 채 도움의 손길을 내민 사람을 무시했다. 결국 혼자 선을 긋고 점점 더 어둠 속으로 들어간 셈이었다.

　　진정 자신을 사랑할 줄 아는 사람이 타인 역시 진정 사랑하게 된다는 말처럼, 온전한 나를 이해하기 위해 마음을 내려놓고 그은 선을 지우니, 그제야 주변의 소중한 인연들이 눈에 들어오기 시작했다.

나를 세상 밖으로 나오게 하는 것도, 소중한 인연의 정성을 고맙게 받아들일 줄 아는 마음도 모두 나를 바로 바라보는 것에서부터 시작된다.

얼어 죽어도 아이스 아메리카노

진정 자신을 사랑할 줄 아는 사람이

타인 역시 진정 사랑하게 된다는 말처럼,

온전한 나를 이해하기 위해 마음을 내려놓고

그은 선을 지우니, 그제야 주변의

소중한 인연들이 눈에 들어오기 시작했다.

결국 나를 사랑하는 것도

누군가를 사랑하는 것도

모두 나에게서 시작된다.

———————

지나갈 것은 지나간다

남편이 사무실에 다 죽어가는 이름 없는 나무 한 그루가 있다고 했다. 상태가 어떠냐고 물으니, 잘은 모르지만 이파리가 시들해 그대로 두면 죽을 것 같다고 했다. 그 말을 들으니 살리고 싶다는 생각이 간절해져서 당장 집으로 가져오게 했다.

가장 소중한 것을 가장 오래도록 괴롭혀 본 경험이 있는 나는, 비틀리고 마른 것은 어떻게 해야 줄기가 굵어지고 잎이 파릇해지는지 아주 잘 알고 있었다.

얼어 죽어도 아이스 아메리카노

문득 오래전 기억이 떠올랐다. 어느 날, 가난은 갑작스레 우리를 찾아왔다. 빛이 들지 않는 가난과 바람조차 돌지 않는 텁텁한 공기 속에서도 어머니가 희망을 찾아 헤맬 때, 나는 그 희망이 나일지도 모른다는 불안함에 불을 끄고 누워서 수없이 나를 괴롭히는 상상을 했다.

그랬던 내가 그 어둠 속에서 걸어 나와 살겠다고 말하자, 말라비틀어진 줄만 알았던 심장은 언제 그랬냐는 듯 더 예민하게 두근거렸다. 뜨거운 햇볕 뒤로 보드라운 비가 내릴 때면 덩달아 마음이 촉촉해졌고, 온 세상을 씻겨버릴 듯 무섭게 내리던 빗줄기가 멈추고 햇빛이 반짝일 때면 누구보다 먼저 나가 몸을 말리곤 했다.

생기없이 말라비틀어진 식물을 볼 때면, 꼭 그때의 내 모습이 떠올랐다.

"건물 관리해주시는 분이 조경 관련 일도 하시나 보더라. 정 안 되면 줄기를 잘라버리래."

남편은 베란다에 커다란 화분을 낑낑대며 옮겨놓고는 내게 말했다. 남편의 말을 귓등으로 흘려버리고 화분을 유심히 살펴보았다. 남편의 말대로, 아니 그것보다 훨씬 더 심각할 정도로 줄기가 축 처져 있었고 살짝 건드린 손길에도 이파리가 허무할 만큼 '툭' 하고 떨어졌다.

햇볕과 바람이 가장 잘 드는 곳에 화분을 옮기고 아이와 함께 샤워기로 물을 흠뻑 주었다. 시원한 물은 더위에 지친 뿌리를 적셔줄 것이고, 따스한 햇볕은 으스러질 듯 비틀대는 줄기를 튼튼하게 해 줄 것이고, 햇볕 틈새로 불어오는 차가운 바람은 옥죄던 숨을 쉬게 해줄 것이다.

다음 날 아침, 나는 제일 먼저 창문을 열어 나무의 상태를 확인했다. "내일 또 보자!" 하며 아이와 함께 흔들던 열 손가락이 허무할 정도로 이파리가 우수수 떨어져 있었다. 며칠이 지나자 조심스러운 손길에도 줄기가 툭 부러졌고, 몇 주가 지나자 그나마 초록빛을 드러내던 줄기들이 모두 떨어지고 그야말로 앙상한 가지만 남았다.

점심시간이 지나고 죽을 것처럼 더위가 달려들자, 커튼을 걷고 창문을 열어 나무에 물을 듬뿍 주었다. 그때 옆에 앉은 남편이 물었다.

"살아날까?"

"응. 뿌리가 있으니까."

"그래. 잘해봐."

"응. 잘할 거야."

그러니까 도려내지만 않는다면, 결국엔 줄기가 굵어지고 새잎이 돋아날 것이다. 아마도 나무는 바짝바짝 말라갈 때보다 더 힘든 한때를 보내고 있겠지만, 분명한 것은 수많은 내일이 지난 후에는 한 뼘 더 자라 있을 것이다.

내가 그랬듯이.

———————————

울고 싶어지는 날엔

오히려 펑펑 울음을 쏟아내는 것도 나쁘지 않다.

그걸로 마음의 슬픔을

조금이나마 덜어낼 수 있다면.

버티는 것이 버거운 순간에도 시간은 흘렀다.

사실 그 시간을 버텨야 한다는 것보다

더 힘이 들었던 것은

기약을 알 수 없다는 의문이었다.

그럼에도 놓지만 않는다면,

지나갈 것은 결국에는 지나갔고

고개를 드니 내 앞에는 다른 세상이 있었다.

_____

잠시라도

모든 것은 씻으면 깨끗해진다. 자욱한 먼지로 그 빛깔이 흐려진 자동차도, 오후 내내 마셨던 커피가 잔뜩 묻은 티셔츠도, 씻으면 모두 깨끗해진다.

엊그제 주차하다 긁힌 자국이나 오래 묵어 깊게 스며든 커피 자국은 지울 수 없겠지만, 여전히 남아 있는 흔적을 볼 때마다 마음이 쓰릴 수 있겠지만, 그것도 자꾸 보다 보면 그나마 나아졌다. 어쨌든 깨끗이 씻고 나면 다시 쓸 만하더라. 잠시라도 마음만은 개운해졌다.

깨끗하게 빨아 놓고, 다시는 그 어떤 것도 묻히지 않겠다며 옷장 속에 고이 접어두는 것처럼, 한 번 상처를 입으면 으레 나는 문을 걸어 잠그고는 그 안에 나를 가둬버리곤 했다. 영원히 깨끗하게, 평생토록 상흔 없이 그렇게 살아가겠노라고 의미 없는 다짐을 씹고 또 씹으면서.

믿었던 친구가 내가 없는 자리에서 나의 이야기를 잘게 잘라놓고 그 위에 웃음을 흘려놓더라는 이야기를 들은 적이 있다. 그 친구의 가장 친한 친구로부터 그 말을 들었을 때, 나는 내 인생에 친구란 더는 없을 것이라고 큰소리쳤다.

일 년을 꼬박 매달린 시험에 친구는 붙고 나는 툭 떨어졌을 땐 겉으론 괜찮다며 진심으로 기쁘다고 마음에도 없는 축하를 뱉었다. 그러나 혼자 남았을 땐, 나는 아무짝에도 쓸모없다며 슬픔에 잠겨 그나마 붙잡고 있던 마음마저 놓아버렸다. 마음을 내려놓겠다고 통보하는 것만큼 내게 효과가 좋은 약은 없었고, 나중에 독이었음을 알게 되더라도 그럴 줄 몰랐다며 또 손사래 치면 그만이었다.

결국은 관계에서 오는 것들, 너와 나 그리고 나와 나 사이에서 생긴 후회와 미련과 그로 인한 생채기는 실패에 대한 든든한 근거가 되었다. 누구를 만나도 무엇을 하려 해도 믿게 내버려두지 않았다. 내게 행운이란 것, 그러니까 기적이란 것이 올 리가 없다고 믿었었다.

지금 생각해보면 "그게 꼭 그런 것만은 아니야"라고 말할 법도 한데. 뜨거운 물을 틀어 놓고 몸에서 김이 폴폴 날 때까지 몸을 데우면 좋았을 텐데. 흐르는 눈물 한 번 닦고 내 앞에 주어진 실망스러운 현실 앞에 그럼에도 괜찮을 거라고 다독였으면 좋았을 텐데.

얼어 죽어도 아이스 아메리카노

관계에서 오는 수많은 감정들이

스스로를 꽉 잡아 지치게 할 때면,

잠시라도 좋으니 아무것도 생각하지 말고

쉬었다 갔으면 좋겠다.

사치라고 느껴지는 그 순간의 짧은 휴식이

당신의 모든 것을 바꾸어 줄 수 있는

가장 중요한 순간이 될 지도 모르니.

운다는 것

벅차서 힘겹고 그래서 갑갑하고 버거웠지만 아무도 알아주지 않아 그 시간의 무게를 혼자 짊어지던 때가 있었다. 스스로가 가여워서 슬퍼지고 그러다가 목이 메어버리던 그때. 누구라도 알아주길 바라며 고개를 기웃거리다가 누군가의 시선에 흠칫 놀라 숨어버리곤 했다. 그럴 때면 나는 도대체 왜 이러나 하는 억울함에 눈물은 자꾸만 차오르는데 도무지 흘러내리지는 않았다.

복받쳐 올라도 터져 나오지 않는 눈물은 가슴을 두드려 보아도 아무런 미동도 없이, 그저 차올랐다가 으스러지기만

얼어 죽어도 아이스 아메리카노

을 반복했다. 울어야 산다는데, 계속 울어봐야 우는 방법을 잊지 않는 건데. 어렸을 땐 참 많이 울었던 것 같은데, 어느 순간 꼭지를 단단히 잠근 것처럼 울지를 못했다. 흐르지 못한 슬픔은 내 안에 고여 또다시 홀로 먹먹해졌다.

원 없이 울지 못해 해결되지 않았던 슬픔은 이제 살 만하다 싶은 때가 되자 기다렸다는 듯이 나를 찾아왔다. 너무도 뻔뻔스러운 낯으로 그 자리는 원래 내 것이었다며 내게 큰소리쳤다. 초대받지 않은 손님으로 인해, 나는 울어야 할 때는 꾹 참고, 거꾸로 참아야 할 때는 참지 못하고 울음을 터뜨렸다.

미련스럽다 못해 이젠 안쓰럽기까지 한 그런 모습을, 내 아이만큼은 닮지 않기를 바랐다. 잘 웃지도 그렇다고 잘 울지도 않아 걱정했던 때가 무색할 만큼 아이는 요즘, 생떼를 섞어가며 운다. 원하는 것을 갖지 못한다는 슬픔으로, 원하지 않는 것을 해야만 한다는 분노로.

아이의 철저히 자기중심적인 울음에 어이가 없어 화가 나다가도 '그래, 다행이다' 싶은 마음이 들었다. 한참을 울고 또 울던 아이는 목 놓아 울었던 것이 민망했는지, 아니면 정말로 배가 고픈 건지 아까 먹던 빵을 찾았다.

찬장에서 새 그릇을 꺼내어 빵을 담아 주자, 아이는 언제 울었냐는 듯 눈물을 닦고 빵을 먹었다. 정말 맛있게도 먹었다. 먹는 모습을 보는 내 입에서 침이 고일만큼. 그리고 나서 아이는 다시 신나게 뛰어 놀았다.

나는 아이에게 훈계랍시고 말하곤 했다. 울면 지는 거라고, 나의 패배를 인정하는 것이라고. 뭐 대단한 진리라도 깨달은 사람처럼 말이다. 그런데 지나고 보니 그럼에도 운다는 것은 어쩔 도리가 없는 나약함의 표출이라기보다는 그렇게라도 나를 지키고 싶어 하는 마음일 수도 있겠다는 생각이 들었다.

우느라 해야 할 말을 하지 못할 수는 있겠지만, 적어도 울

얼어 죽어도 아이스 아메리카노

지 못해 속이 시퍼렇게 멍드는 것은 피할 수 있으니까. 우느라 하지 못했던 말은 다음에라도 할 수 있겠지만, 논리라는 가면을 쓰고 따지느라 달래지 못한 울음은 지금이 아니면 어루만질 수가 없다.

제때 울지 못해 멍울지는 것보다는 울고 나서 조금 민망한 편이 더 낫지 않을까.

쉬는 것을 잊어버리다

쉴 새 없이 달리고 달리다가 '펑' 하고 터져버리는 순간, 몸살이 찾아온다. 그럴 땐 이불을 뒤집어쓰고 누워 있는 순간이 휴식의 전부인 사람이 있다. 사실 쉬지 못한다는 것은 제대로 쉬어보지 못했다는 것 혹은 언젠가부터 쉬는 것을 잊어버렸다는 것의 방증이기도 하며, 모든 것을 내려놓지 못할 만큼 불안한 나의 또 다른 모습이기도 하다.

쉬는 것은 그냥 쉬는 것, 모든 소음을 잠시 꺼두는 것. 이것이 어려워진다는 것은, 그러니까 굳이 돈을 내고 나를 그 틀에 넣어주어야만 겨우 쉴 수 있다는 것은 내가 정신없이 돌아가는 세상에 물들었다는 것이겠지.

해야 할 일들을 좀 내려놓고 온몸에 힘을 빼는 것에 서툰 나는, 또 그것을 하기 위해 최선을 다한다. 머리가 지끈해질 때까지 숙소를 검색하고, 어느 것이 가성비가 최선이냐를 놓고 며칠을 고민한다. 하얀 종이와 한참 실랑이를 벌이다가 통장 잔고를 보고는 그대로 덮어버리고 만다. 뭘 했다고 쉬는 거냐고 다그치면서.

언제부터 쉰다는 것이, 내게 이렇게 어렵고 거창한 일이 되었을까. 도대체 언제부터 휴식이라는 틀에 조건과 계획이 붙었을까.

좀, 삶의 긴장을 내려놓고 아무 것도 하지 않은 채로 가만히 나를 내버려둘 수는 없는 걸까.

숨이 찰 만큼 열심을 다하는데 자꾸만 마음이 불안해졌다. 어쩌면 지금 내겐 쉬는 것조차 사치일 수도 있다는 생각에 조바심을 내다가도 괜히 억울하고 마음이 먹먹해졌다.

할 수 있는 게 이 말밖에 없어서, 허공에 '괜찮다'는 말을
내뱉었다. 괜찮지 않지만, 조금은 불안하지만 '그래도 괜찮
아' 하고 가슴을 쓸어내렸다.

얼어 죽어도 아이스 아메리카노

숨이 찰 만큼 열심을 다하는데

자꾸만 마음이 불안해졌다.

어쩌면 지금 내겐 쉬는 것조차

사치일 수도 있다는 생각에

조바심을 내다가도

괜히 억울하고 마음이 먹먹해졌다.

———————

무작정 떠나버리고 싶었다

"멀리, 아주 멀리 떠나고 싶어."

내 안에서 가끔 작은 소리가 들려왔다. 알 수 없는 이유로 숨이 꽉 들어차 가슴이 답답할 때면, 가슴속에서 나의 또다른 자아가 심장을 쾅쾅 두드리며 좀 꺼내 달라고 소리치는 것 같았다. 아무도 모르는 곳으로 멀리, 아주 멀리 떠나고 싶다고 외치면서 말이다. 그럴 때마다 나는 물었다. 뭐가 문제냐고.

얼어 죽어도 아이스 아메리카노

내 몸은 대답 대신 심장을 더 세게 두드렸다. 나조차도 원인을 알지 못하는 권태는 때때로 형과 색을 바꿔가며 변덕을 부렸다. 이것저것 갖고 싶다고 안달하다가, 이젠 텅 비우며 살겠다고 헛헛한 웃음을 짓다가, 끝끝내는 이도 저도 아니라고 그저 떠나고 싶을 뿐이라며 버럭 소리를 질렀다.

가진 것 없는 마음이라도 내려놓을 것마저 없는 건 아니었고, 욕심으로 꽉꽉 채운 삶이라 할지라도 어딘가 하나 더 들여놓을 구석마저 없는 것이 아니었다. 텅 비었다고 낮게 읊조렸지만 그 마음만큼은 여전히 남아 있었고, 가득 찼다고 기뻐하다가도 어딘가 허전한 마음에 기웃거리기도 했다.

온통 거꾸로 하느라 체한 몸은 다시 돌아오기까지 시간이 꽤 걸릴 모양이었다. 오들오들 떨며 외투를 여러 벌 껴입었다가, 차오르는 땀에 다시 하나둘 던져버렸다. 한참을 반복하다 보니 언제나 그랬던 것처럼 해가 지고 밤이 찾아왔다.

오늘 밤, 내 안에서 하염없이 빙글빙글 돌던 갈등과 권태는 또다시 꿈결 어딘가에서 으스러질 것이다. 그리고 또 내 일이 되면 문을 두드리겠지. 멀리, 아주 멀리 떠나고 싶다고.

어쩌면 챙겨줘야 할 마음을 내 안 깊숙한 곳 어딘가에 숨기고, '팡' 하고 터트리는 순간을 기다리고 있는지도 모르겠다. 나조차도 알지 못하는 마음을 그렇게라도 내어 보일 수 있게.

얼어 죽어도 아이스 아메리카노

가진 것 없는 마음이라도 내려놓을
것마저 없는 건 아니었고, 욕심으로
꽉꽉 채운 삶이라 할지라도 어딘가
하나 더 들여놓을 구석마저 없는 것
이 아니었다.

———————————

돌아보면 울적하고 눈을 감으면 슬퍼지는 날

유난히 감수성이 풍부했던 탓일까, 아니면 욕심과 달리 나아지지 않는 현실에 대한 좌절이 오래 묵어서일까. 무작정 반짝일 것 같던 미래는 이제 희미한 꿈이 되었지만 자꾸만 아른거렸다.

뭐라도 해낼 수 있을 것만 같았던 막연한 기대감은 도대체 할 수 있는 게 뭐냐며 도리어 내게 삿대질했다. 나는 그저 입 안에 해묵은 말들을 웅얼거리다가 삼켜버렸다. 그 당시 내겐 주춤거리는 것만큼 편리한 것이 없었고, 그것만큼 잘하는 것도 없어보였기에.

얼어 죽어도 아이스 아메리카노

돌아보면 울적하고 그렇다고 눈을 감으면 슬퍼지는 그런 날을, 아니 미래를 바란 적은 없었다. 호기롭게 독립을 선언할 때만 해도 나는 부모님과 다르게, 뭔가 대단한 일이라도 이룰 것만 같았다. 그러나 잘한다고 생각했던 일들은 지나고 보니 하지 않는 편이 나을 때가 많았고, 애써 노력하는데도 풍요와 고운 결을 타고난 친구들 곁에 서면 자연스레 비교가 되어, 마음이 자꾸만 쪼그라들었다.

제대로 하지 못했음을 확인하는 일, 생각했던 것보다 역량이 부족하다는 걸 인정하는 일. 내겐 그런 일들이 자주 일어났다. 그럴 때마다 크게 휘둘렸고 못난 자존심에 숨어들 곳도 마땅치 않았다. 찬바람을 맞다 보면 강해지는 게 아니라 추워질 뿐이었다. 그리고 움츠려 떨다 보니 어느새 그 꼴이 처량해졌다.

감당이 되지 않았지만, 무엇보다 당장 먹고살아야만 했다. 그러한 이유로 억지로 덮어두었던 슬픔들은 차곡차곡

쌓여 나를 푸르게 물들였다. 그런 나를 안쓰럽게 쳐다보는 시선이 싫어 뾰족한 가시로 무장해야 했다. 그럴수록 더욱 외로워졌고 내 곁엔 아무도 없는 것처럼 느껴졌다.

잘 건너왔다고 잘했다고 토닥여줘도 될 법한데, 왜 나에게 만큼은 유독 더 예민하고 까칠한 건지.

스스로를 돌볼 줄 모르는 마음은 꽤 살 만해진 지금에도 날 선 말들을 쏟아부었다. 나 자신을 살뜰히 아껴 본 적이 없던 터라, 스스로에게 내뱉는 비난은 어느새 습관이 되었다.

그러다 밤이 되면 꿈속에서 영문도 모르는 고통에 울부짖다가, 누군가 건네는 손길에 미소 짓다가, 또 혼자 덩그러니 남으면 목 놓아 울어버렸다. 그렇게 아직 햇볕조차 들지 않은 이른 새벽, 모든 것이 조용한 그 시간에 나는 이유도 없이 눈뜨곤 했다. 하필이면 울다가 또 울다가 우는 것조차 잊어버리고 울고 있는 그때에 말이다.

얼어 죽어도 아이스 아메리카노

눈을 떠서 먹먹한 가슴을 손이 뜨거워질 때까지 슥슥 문질렀다. 먹먹함에 마음이 저려오고 눈가에는 눈물이 차올랐다. 눈물이 마르다가도 자꾸만 눈물이 다시 나와 앞을 가렸다. 아무리 노력해도 그 자리에서는 눈물이 멈추질 않았다. 차라리 일어나서 물 한잔 마실까 아니면 찬바람을 좀 쐬어볼까 싶었지만, 몸을 일으키는 것조차 버거울 정도로 아무것도 하고 싶지 않았다.

울고 싶어지는 날엔 오히려 펑펑 울음을 쏟아내는 것도 나쁘지 않다. 그걸로 마음의 슬픔을 조금이나마 덜어낼 수 있다면.

거짓 자아

하고 싶은 말들을 죄다 꺼내어 늘어놓다 보니 어느 것이 진짜 내 말인지 의심스러워졌다. 구구절절 내 입에서 뱉어낸 말이 확실한데 어느 것도 내 것 같지가 않아서 혼란스러웠다.

가끔은 내가 낯설어졌다. 누군가와 관계한다는 것이 꼭 그에게 맞추어야 한다는 것은 아닌데 착한 사람이고 싶어서 마음에도 없는 말들을 이따금씩 뱉어내곤 했다. 시간이 지나 또 다른 결의 사람을 만나면 달라질 수도 있는 말들, 하지

얼어 죽어도 아이스 아메리카노

만 심각한 거짓은 아니니 사실은 그리 죄책감을 느끼지 않아도 되는 그런 말들이었다.

맞추고 맞추다 보니 그런 내가 지겨워졌다. 편안한 사람이고 싶다는, 그에게 좋은 사람이고 싶다는 집착이 사실은 불안으로부터 시작된 거짓 자아에 불과하다는 생각에 부끄러웠다. 끝없이 뱉어낸 말들을 차마 다 주워 담지도 못하고 집으로 돌아와 거울을 들여다보면, 그렇게 낯설 수 없었다.

한참을 서서 거울을 바라보았다. 어느새 거멓게 내려온 다크서클, 초점을 잃어버려 퀭한 눈, 입가에 묻은 커피 자국. 내게는 전혀 의미 없는 말들을 쏟아붓고 남은 것들.

나는 오늘 그에게 친절했다. 그의 말을 묵묵히 들어주었고, 그의 말에 박수를 치며 좋아해주었고, 상황에 어울리는 말들로 분위기를 이어갔다. 그는 기뻐했고 한층 가까워진 것 같아 나도 기뻤다. 역시 우리는 잘 맞는다는 말로 세 시간의 만남을 종료지었으며, 나는 다시 혼자가 되었다. 나는 집으로 들어왔고 말을 망각했으며 잊어선 안 되는 중요한 사실 하나도 잃어버렸다.

그 어디에도 내가 잘 알던 내가 없다. 그 많은 관계 속에서 나는 어디쯤에 흘려놓은 걸까.

맞추고 맞추다 보니 그런 내가 지겨워졌다.

편안한 사람이고 싶다는,

그에게 좋은 사람이고 싶다는 집착이

사실은 불안으로부터 시작된

거짓 자아에 불과하다는 생각에 부끄러웠다.

그 어디에도 내가 잘 알던 내가 없다.

그 많은 관계 속에서

나는 어디쯤에 흘려놓은 걸까.

———————————

기억을 미련이라 착각하지 말 것

늦은 오후, 자꾸만 옛 노래를 흥얼거리는 것이 꼭 내 마음이 여전히 거기 머물고 싶어 하는 것만 같아서 울적해졌다. 지나온 거리 어디에도 다시 돌아가고 싶은 곳은 없는데, 도대체 뭐가 그렇게도 아쉬운 건지 내 입에선 그 옛날 즐겨 부르던 노래가 흘러나왔다.

그때 나는 종종 슬퍼졌고 슬픔이란 건 원래 잘 잊히지 않아서 그때마다 옛 노래를 따라 부르며 슬퍼했다.

그럼에도 그 감정 속엔 서툴렀던 가슴을 마냥 졸이게 했

얼어 죽어도 아이스 아메리카노

던 인연이 있었기 때문에, 울적할 것을 알면서도 입에서는 자꾸만 옛 노래가 흘러나온다.

홍얼거리다 보니, 잠깐 박자를 세는 틈새에 그때는 세상이 무너지는 것만 같았던 기억들이 차올랐다. 그때의 불완전함은 시간이 지나 미련이나 후회 혹은 그리움 같은, 때 지난 성찰이 더해져야 마무리되는 것이었나 보다.

관계는 진즉에 끝이 났고 그때의 감정도 오래 전에 지웠지만, 기억은 그것들보다 허술해서 사소한 노랫말 몇 마디에 마치 옛 것인 양 들썩였다. 옛 노래가 갑작스레 입에서 흘러나온다면 비로소 그 인연을 정리할 때가 되었다는 것이다. 관계가 끝났다고 인연이 끝나는 것은 아니니까. 가장 한심스러운 일은 갑작스레 떠오르는 기억을 미련이라 착각하는 것이기에, 새어나오는 노랫말에 인연을 흘려보내야 한다.

자존심이라 말하고 열등감이라 쓰는

부산 동구 초량동.

부산역 앞에 위치한 꽤 유명한 동네이다. 유명 연예인들
이 자랐다고 방송에서 소개된 후 더 알려지기도 했다. 통영
의 동피랑마을만큼은 아니지만 그 옛날 해묵은 앨범 속의
거리처럼 보이도록 벽과 골목길을 꾸며 놓으니 최근에는 카
메라를 든 관광객들이 꽤나 몰려들었다.

나는 초량동 바로 옆에 붙어 있는 수정동에 살았다. 초량
동에 있는 미술 학원에 오랫동안 다녔고, 그 시절 가장 친했
던 친구가 그곳에 살았기 때문에 수정동과 초량동은 내 유

얼어 죽어도 아이스 아메리카노

넌기 앨범 속에 하나의 페이지로 묶여 있다.

관광객들은 부산역에서 좁은 시장 골목을 따라 올라가며 옛날로 돌아간 듯 꾸며놓은 추억 앞에서 사진을 찍는다. 여기저기 벽에 서 보라는 부모님의 주문에 내가 쭈뼛거리며 등을 비볐던 그때처럼. 길목에 세워진 커피숍에서 커피 한 잔을 사들고 기획자에 의해 미리 의도된 그 코스를 따라 거닐며 다음 장소로 걸어간다. 그러면 또 다음 거리의 풍경은 기꺼이 멋진 사진 한 장을 내어준다.

그리고 길을 따라 조금 더 올라가면 그 유명한 168계단이 끝없이 펼쳐진다. 기억 속 그 계단은 어린 우리들의 숨을 헐떡이게 해서 일명 '헐떡고개' 혹은 '죽음의 168계단'으로 불리곤 했다. 매우 가팔라서 올라가다가 뒤를 돌아보면 머리가 어질해지고 혹시라도 발을 헛디딜까 심장이 철렁였다. 계단 주제에 너무 아찔하고 빼곡하게 이어져서, 관광객들은 입을 떡하니 벌린 채 굳어버린다.

멈추면 주저앉아 버릴까 봐 힘들어도 이를 악물고 올라가던 그 계단 앞에서 사람들은 그 가파름을 배경 삼아 사진 한 장을 남긴다. 그리고는 모노레일을 타고서, 계단이 현관이자 마당처럼 빼곡하게 지어진 낡은 주택들을 배경 삼아 그렇게 또 사진 한 장을 더 남긴다.

모두는 아니겠지만 누군가는 버겁게 또 누군가는 힘겹게 그 한때를 치열하게 살았던 곳에서, 그 옆의 누군가는 지금도 버텨내고 있는 삶을 배경으로 사진을 찍는다는 것 그리고 그 동네가 내가 누비고 다녔던 곳이라는 이유로, 나의 좁은 마음이 자꾸 심술을 냈다.

그래서 계단의 끄트머리에 마련된 '뷰포인트'에서 운치 있다며 감동하는 이들을 마주하면, 속에서 굵직한 용트림이 쏟아지려 해서 입술이 간질거렸다. 그곳을 살아 낸 나의 눈에는 좁고 가파른 계단과 빼곡하게 들어선 낡은 주택들 그

얼어 죽어도 아이스 아메리카노

어디에서도 운치를 느낄 수 없었다. 한때 힘겹고 아팠던 마음들만 있을 뿐.

내게 있어 가난은 이젠 벗어났다고 해서 아프지 않은 단어는 아니었다. 내게 있어 가난은, 턱이 아려올 때까지 어적 어적 소리 내어 과자를 씹어대도 부서지지 않는 곰팡이 냄새 같은 것이어서, 도배를 새로 하는 것조차 삶의 사치처럼 느껴지던 그런 것이어서, 생각만 해도 여전히 불쾌한 기분이 들었다. 자꾸만 마음 한 구석에서 울음이 몰려왔다. 이 언덕 저 언덕이 누군가에겐 관광 상품이겠지만, 또 누군가에겐 숨통 그 자체일 수도 있다.

결국 모든 것에는 양면성이 존재한다. 누군가에게는 소중한 추억으로 기억될 장소가, 누군가에게는 다시는 떠올리고 싶지 않은 아픈 기억이 되기도 하는 것처럼. 그러니 삶이란 글자 앞에서 지나치게 엄숙할 필요도, 지나치게 들뜰 필요도 없다.

그해 여름

뒤늦게 찾아 온 8월의 여름, 바득바득 독이 오른 한낮의 더위에 다들 어쩔 도리가 없다는 듯 검게 그을린 피부로, 제각각의 모습으로 그렇게 익어 갔다. 모두들 각자의 여름을 버텨내고 있었다.

더위가 예년보다 일찍 찾아오든 혹은 올해처럼 늦장 부리다가 허겁지겁 달려오든, 언제나 그랬듯 가장 덥고 습한 건 올해니까. 올해도 어찌 되었든 눈을 뜨면 밤을 기다리기 바쁘다. 낮보다는 밤이 그래도 낫다면서.

얼어 죽어도 아이스 아메리카노

그러나 나는 그 말에 무작정 고개를 끄덕일 수는 없었다. 모두가, 아니 많은 사람이 짐을 싸서 집으로 혹은 술집으로 향하는 늦은 저녁이 되면 아버지는 일을 시작하셨다. 아버지는 술 마신 사람들을 상대하는 일로 돈을 벌었다.

내가 고등학교 2학년 때 즈음이었다. "아빠 밀어주러 가자(대리운전 기사인 아버지를 다음 콜을 잡은 곳까지 차로 데려다주는 일)"는 엄마의 말에, 나는 선풍기 앞에서 입을 벌리며 공기를 삼키고 있던 그 옷차림 그대로 낡은 트럭의 조수석에 탔다.

늘 그렇듯 엄마와 '쓸모없어서 더 재미있는' 그런 수다를 떨다가 고급 승용차에서 내리는 아버지를 보았다. 아버지는 운전석에서 내려 술에 취해 비틀거리는 또래의 손님에게 허리 숙여 인사했다.

아버지는 그 손님과 함께 우리 트럭을 향해 걸어왔고, 나를 보고는 씨익 웃었다. 이어 "제 딸입니다. 오늘 저를 도와

준다고 같이 나왔네요"라고 말하며 꽤나 행복한 미소를 지으셨다. 회색빛 정장을 말쑥하게 차려 입은 그 손님은 묘한, 정말 묘한 웃음을 지으며 내 머리를 한 번 쓰다듬고는 지갑에서 오만 원짜리 지폐 한 장을 꺼내어 내게 주었다.

손에 들린 지폐를 보면서 웬 횡재냐며 입술을 씰룩거리고 눈을 반짝이던 그때, 손님의 목소리가 귀를 파고들었다.

"딸을 이런 곳에 데려오면 어떻게 합니까. 저라면 절대 딸을 이런 곳에 데려오지 않습니다."

그 뒤로 아버지와 어머니의 표정이 어땠는지는 기억나지 않는다. 정말 끊겨버린 필름처럼, 나의 기억은 그 장면에서 재생을 멈추어 버렸다. 그 손님의 말을 곱씹어 보자면 나의 아버지는 '이런 곳'에서 '이런 일'을 하는 사람이고, 내가 기쁨으로 받은 그 돈은 '가진 자의 동정'이었던 것이다. 그때 상황을 아무리 기억하려고 애써도 필름은 자꾸만 그 장면에서

얼어 죽어도 아이스 아메리카노

멈췄고, 나중에는 그 장면이 '찰칵' 하고 찍힌 한 장의 사진처럼 내 마음에 비수처럼 박혀 꽤 오랫동안 파고들었다.

그 후로 집과 그나마 남아 있던 트럭이 넘어가고, 빛이 들어오지 않아 곰팡이로 도배가 된 쪽방에 온 가족이 살을 붙이고 누워서, 숨을 들이쉬면 입으로 함께 들어오는 곰팡이를 내뱉는 삶을 살아야 했다. 도저히 참을 수 없어 문을 박차고 나가며 내 살길이나 찾겠다고 부모님으로부터 등을 돌리던 그 순간까지, 그 기억은 내게 수치였다.

이해가 되지 않을 만큼 갑작스러운 속도로 기울어져 가던 집안 형편 속에서, 어쩌면 어린 나는 아무런 의미도 쓸모도 없는 '왜?'라는 질문만 쏟아내었다. 의문이 의심으로 그리고 분노로 이어지자 답답함은 더 검어지고 습해져서 깊숙이 파고들었다.

기억은 시간이 지날수록 그 아래에 붉은 글씨로 해석을 달아버린다. 그리고 서로가 어설픈 침묵으로 넘기고자 했던 일을, 결코 잊을 수 없는 그 시절의 표상으로 새겨 넣는다.

참 오랫동안 미워했다. 삶의 무게에 짓눌려 가족과 소통하는 것마저 까맣게 잊어버린 아버지를, 말을 잃어버린 탓에 술로 채워야 겨우 잠이 들던 아버지를, 정말 많이 미워했다.

내 표정을 살폈을 아버지의 시선을, 등 돌아 걸어가는 손님을 향해 그럼에도 고개를 숙여 인사했을 어깨를, 그 아래 고스란히 흘러 내렸을 마음을, 그런 우리를 보고 있어야 했을 어머니의 두 눈을, 억지로 지워버린 그 순간을 상상했다.

시간을 앞세워 숨어들기엔 내가 너무 자란 탓에, 저벅저벅 멀어지는 그때의 마음에 이유를 묻고 쏟아지는 원망을 주섬주섬 주워 가슴에 담았다. 어쩜 그리도 못났냐고. 그때 그 손님의 말에 답하지 못했던 말은 이것이었다. 아버지가 내게 했어야 했던 말이었으며, 내가 아버지를 대신하여 그 손님에게 따져 물었어야 했던 말이었다.

얼어 죽어도 아이스 아메리카노

"귀하고 귀한 자식이니 이곳에 데려온 겁니다."

"이곳은 땀 흘려 자식을 먹여 살리는 내 아버지의 일터일 뿐입니다. 내 아버지는, 이런 곳에 일하는 사람이 아니라 대리운전 기사입니다."

한때는 모든 것이 부끄러웠던 때가 있었습니다.

그런데 돈을 벌어보니 그게 그렇게

쉽지만은 않다는 것을 조금은 알 것 같아서,

지난날을 생각하면 마음이 먹먹해집니다.

여전히 당신의 자리에서 묵묵히 걸어가는 그 걸음의 무게,

나누지 못한 말 대신에 허겁지겁 채웠을 그 서늘한 마음.

그것을 이제는 알 것 같아서, 덩달아 슬퍼집니다.

나는 당신을 미워했습니다.

이다음에 크면 아버지랑 결혼하겠다며 히죽거리던 내가

당신을 참 오래도록 미워했습니다.

부디, 용서하세요.

기억은 시간이 지날수록 그 아래에 붉은 글씨로 해석을 달아버린다. 그리고 서로가 어설픈 침묵으로 넘기고자 했던 일을, 결코 잊을 수 없는 그 시절의 표상으로 새겨 넣는다.

———————

기대하지 않음으로

어디를 가도, 누구를 만나도 개운해지지 않던 때가 있었다. 봄바람이 불고 그 바람에 벚꽃 잎이 흔들거리고 모두가 입을 벌려 그런 하늘을 올려다 볼 때, 나 역시도 그들을 따라 고개를 들어보았지만 그것마저 힘겨워 이내 고개를 떨어뜨리던 때가 있었다.

어린아이의 재잘거림, 연인들의 달콤한 속삭임 한가운데에 서서, 수험서를 담은 가방을 메고 터덜거리며 걸어가는 내 모습이 유독 초라하게 느껴지고, 그런 내가 부끄러웠다.

얼어 죽어도 아이스 아메리카노

날이 따뜻해졌는데도 나만 여전히 두꺼운 외투에 삼선 슬리퍼를 신고 있었다. 매년 그곳을 찾는 사람도 꽃잎도 새로운데 나만 삼 년째 같은 모습, 같은 표정인 것이 지겨웠다. 다음 해엔 다를 수 있을 거란 확신도 남아 있지 않았다.

올해는 어떨 것 같으냐는 물음 대신 1만 원짜리 몇 장을 쥐여 주는 것만큼 고마운 것도 없었지만, 또 그것만큼 슬픈 것도 없었다. 기대하지 않는다고 기다리지 않는 것은 아니나, 기대하지 않음으로써 슬프지 않은 것도 아니니까.

그런 때에는 그냥 고개를 떨어뜨리고 누구도 바라보지 않은 채, 때 묻은 벚꽃잎을 밟으며 고시원에 들어가는 것이 훨씬 더 나았다. 나는 문을 걸어 잠그고 창문을 닫아 세상과 나를 단절시켜 버렸다. 굳이 힘내어 밥알을 넘기려 하지 않았고, 어젯밤 뒤척였던 그 이불을 그대로 덮고 누웠다. 남들을 따라 하다가 내리쬐는 그 햇볕에 그나마 남은 기운마저 타버리지 않게. 그즈음 봄날의 햇볕은, 아무런 준비가 되지 않았던 내겐 눈치 없이 뜨겁고 염치없이 불편한 손님 같았다.

　그렇게 한숨 푹 자고 일어났는데도 전혀 개운해지지 않아서 다시 눈을 감았다. 의지가 사라진 내게 가장 좋은 처방은 한낮의 기억을 잊어버리는 것이었고, 수면이야말로 가장 아름답고 그럴듯한 처방이었다.

　깊은 잠 속을 헤매고 또 헤매다가 배가 고파 더는 잘 수 없을 때 나는 겨우 눈을 뜨고 몸을 일으켰다. 식욕이 모든 감정을 짓눌러서 배고픔 이외에는 아무런 생각도 감정도 떠오르지 않아서, 쌀을 씻고 밥을 지었다.
　땅으로 꺼질 듯 온몸이 짓눌렸고 기다랗게 뻗은 팔과 다리가 흔들렸다. 내게 남겨진 거창한 과제라도 되는 것처럼 시끄럽게 속을 긁던 권태는 쌀이 익어가는 냄새에 부글부글 끓어오르던 분노와 수치를 비워버리고 단정히 제 그릇을 마련하고 있었다.

밥이 다 되었다는 소리에 의자를 박차고 일어나 밥솥 앞으로 달려갔다. 뚜껑을 열고 조금 멀찍이 떨어져 그 열기에 겨울 내내 건조해져 가려운 얼굴을 적셨다. 그러고는 윤기가 흐르는 하얀 쌀밥을 그릇 가득 퍼서 밥솥 옆에 마련된 반찬통에서 김치를 담아 자리로 돌아왔다.

숟가락으로 밥을 듬뿍 푸고 김치 한 쪽을 올려 바람을 후후 불며 한입 가득 넣었다. 어제도 그제도 먹었던 그 맛임에도, 그날은 별다른 양념이라도 한 것처럼 달콤하고 고소해서 밥을 꿀꺽 삼키자마자 어느새 입안엔 침이 가득 고였다. 뜨거운 김을 입으로 토해내며 한 숟가락 그리고 또다시 한 숟가락, 그렇게 한 그릇을 뚝딱 비웠다.

온종일 비틀린 듯 쓰라리던 속이 따뜻하게 차오르는 것이 느껴지자, 언제 그랬냐는 듯 삐뚤어졌던 마음이 느슨해졌다. 나는 그제야 부른 배를 쓰다듬으며 고시원의 끄트머리에 있는 내 방으로 살금살금 걸어갔다.

닫아두었던 창문을 슬며시 열자 이른 새벽의 차가운 바람이 덥석 내게 안겼다. 기다리고 기다렸다는 듯이. 며칠 동안 계속 끓어 넘치던 자기 연민과 분노가 식을 때까지, 나는 열린 창문 틈새로 밀려오는 차가운 숨에 입맞춤하였다.

아침 공기와 내리쬐는 따스한 볕이 새벽의 푸른빛을 밀어내고 푸석거리는 내 얼굴에 닿았다. 그리고 어쩌면 온전히 나만을 위해 인내하고 또 기다렸을지도 모르는 그 온기에 얼굴을 조심스레 달궈보았다. 화려한 것은 하나도 없었지만 그렇다고 부족한 것도 없었다.

기대하지 않는다고 기다리지 않는 것은 아니나,

기대하지 않음으로써 슬프지 않은 것도 아니니까.

화려한 것은 하나도 없었지만

그렇다고 부족한 것도 없었다.

_____

지금에서야

눈을 감고 있으면, 가끔 어머니의 뒷모습이 떠오른다. 아마도 그때의 나는 너무 어렸기 때문에 어머니로부터 전해 들은 것이겠지만, 그 이야기는 짙은 잔상으로 남아 가끔 머릿속에서 일렁이곤 했다.

없는 형편에 칭얼거리는 나를 뒤로하고 재봉틀 앞에 앉아 끝나지 않을, 끝나서도 안 될 발판을 계속해서 밟아대던 어머니의 발. 나는 아무리 울어도 돌아보지 않는 어머니의 등을 향해 숨이 넘어갈 듯 더 크게 울어댔고, 그럴수록 드르륵거리던 재봉틀 소리는 점점 더 커졌다. 도무지 섞이지 않

얼어 죽어도 아이스 아메리카노

는 그 두 개의 소리가 어머니와 내 주변을 빙빙 돌았다.

한참을 울다가 눈을 뜨면 얄밉던 재봉틀 소리는 어느새 사라지고, 나는 이불 위에 곤히 누워 있곤 했다. 그러다 눈앞에 어머니의 등이 보이지 않으면 어딘가에서 바쁘게 일하고 있을 어머니를 찾아 또다시 악을 지르며 울었다.

"우리 공주님, 일어났어?"

우는 나를 안아 드는 어머니의 품에서, 나는 여린 속이 풀릴 때까지 엉엉 울었다. 새까맣고 앙상한 데다가 늘 삐죽거리던 내게 푹신한 어머니의 가슴팍은 알맞게 딱 맞았다.

주변이 고요히 잠들고 어둠이 짙게 깔린 밤이 되면, 그때의 어머니만큼이나 자란 지금도 가끔 그 울음이 내 안에서 울리는 것 같다. 눈물을 유난히 많이 가지고 태어난 탓인지 그 울림은 내 안에서 형태를 잃은 채 그대로 남아 마음을 흔들어댔다. 그리고 어느 것이 내 것인지 알 수 없을 만큼 축축하게 젖어, 차마 일어서지 못하게 늘어지곤 했다.

숨조차 제대로 뱉어내지 못한 채 끝없이 재봉틀의 발판
만 밟아대던, 내가 아이를 낳아 키우기 전에는 결코 알지 못
했던, 퉁퉁 부어버린 그 발에 짊어진 서러움을, 이제는 조금
알 것 같았다. 어머니는 내 울음에도 눈과 귀를 애써 틀어막
고 평생토록 발을 동동거렸다. 노루발에서 자동차 페달로,
또 하루에 몇 번을 오르내려야 하는 계단으로.

곱게 꾸며서 설레는 걸음으로 내딛던 어머니의 꿈은 모
두 어디에 제쳐 두고, 투박한 신발을 신은 채 어디로 향하는
지도 모를 걸음을 부지런히 달려가고 있었던 걸까. 웬만해
선 풀리지 않는 파마를 하고, 어제도 오늘도 그리고 아마 내
일도 다를 것 없는 모습으로.

짊어진 짐이 많아 더는 돌아보는 것도 의미가 없어서 두
려워도 두 눈 부릅뜨고 달릴 수밖에 없던 어머니와 달리, 그

럼에도 나는 전혀 다른 것을 쳐다보고 불만을 쏟아내곤 했다. 아직은 물감이 반 이상 남아 있는 팔레트라든가, 어린 나이임에도 두려웠던 빨간 딱지의 공포라든가, 그리고 그 모든 것을 바라보는 이웃들의 진심 어린 냉소와 같은, 이루고 싶었지만 집안 형편 때문에 끝내야 했던 그런 것들 말이다.

나는 벗어나고 싶었다. 그 모든 것으로부터. 유통기한이 지난 우유, 집 안의 온 벽지를 뒤덮은 곰팡이, 비웃음, 수치, 집 안을 계속해서 울려대는 전화벨 소리, 굳어가는 아버지의 얼굴, 어두운 밤이 되면 들려오던 어머니의 흐느낌, 밤새 쌓인 술병, 바닥에 산산조각이 난 유리 조각들, 침묵… 심지어 부모님까지도.

어머니의 발이 얼마나 퉁퉁 부었는지, 신발은 또 얼마나 낡았는지, 화려하게 꾸민 옛 친구들 사이에서 어머니가 얼마나 초라하게 서 있는지. 그런 것들을 모두 외면했다. 그것은 나와 상관없는 그저 당신 앞에 주어진 어머니의 삶일 뿐이라고, 그러니 나는 상관없다며, 벗어나면 그만이라며 눈을 질끈 감았다.

결코 마주하지 않으려 발버둥쳤던 그 모든 것이 마치 이 순간을 기다렸다는 듯 목을 조여 왔다. 차오르는 눈물에 잠식되어버릴 것만 같은 격한 슬픔 앞에서, '나 그랬노라' 하고 인정하기엔 다시 생각해도 뻔뻔스러워서 입을 굳게 다물었다. 침묵한다고 이해되는 것은 아니지만, 그때도 지금도 침묵으로 그저 용서를 구하려 했다.

문득 잠든 아이의 얼굴을 쓸어보았다. 그 옛날 고운 눈망울로 올려다보던 나의 생기 어린 눈빛이 불만으로, 염치없는 부끄러움으로 변해갈 때, 그 눈을 보며 애써 웃음 지었을, 그리고 내가 잠이 들고 나서야 나의 얼굴을 쓰다듬었을 어머니의 손이, 아무리 흘러내려도 자꾸만 가슴 안에 가득 들

얼어 죽어도 아이스 아메리카노

어차는 멍울들이 스쳐 지나가는 것 같았다.

　나는 이미 시간이 켜켜이 쌓여 슬픈 빛조차 가려 보이지 않는 지금에서야 그 모든 것을 마주하고 있다. 삶의 고단함으로 까칠해진 어머니의 손을 따뜻하게 잡아 주었더라면. 퉁퉁 부은 어머니의 발을 정성껏 주물러 주었더라면. 나를 바라보는 시선을 외면하지 말고 바라봐 주었더라면. 소중함은 왜 늘 지나고 난 뒤에 깨닫는 걸까.

어차피 일어날 일은 일어나고
벌어질 일은 벌어진다.
그 일은 그때 가서 생각해도 된다.
그러니 오늘 지금 이 순간을
마음껏 만끽하고 즐기자.
다시 오지 않을 지금 이 순간을.

3장

행복은 특별한 게 아니야

행복해야 한다는 강박

행복해야 한다는 강박이 있다. 행복하지 않으면 안 된다는 불안감에 행복하려고 발버둥치다가 괴로워진다. 그래서 기를 쓰고 행복하려 노력했다. 맛있다고 하는 맛집을 찾아가고, 옛날에 좋아하던 그림을 그리고 행복한 순간들을 기록했다.

사실은 불행하지 않다는 것만으로도 충분했는데, 행복하지 않다고 해서 불행한 것도 아닌데 참 무던히도 강박에 사로잡혀 스스로를 괴롭혔다.

잘 살고 있다는 건, 평범한 일상 속에서 느낄 수 있는 소소한 순간을 그대로 즐길 수 있다는 것이다. 어쨌든 맛있는 음식을 먹을 수 있고, 푸른 하늘을 눈에 담을 수 있고, 당장 해야 할 일들이 있다는 것. 나를 정말로 움직이는 것은 아주 가끔 선물처럼 찾아오는 가슴 벅찬 순간이 아니라 지금의 이 일상과 해야 할 일들이 있다는 것이다.

그러니 매일이 축제처럼 행복하지는 않아도 나는 아주 잘 살고 있다. 사실은 그것만으로도 충분하다.

단짝 친구 1호

온통 캐럴과 반짝거림으로 가득하던 거리가 소름끼치게 고요하다. 설렘의 뒷감당은 늘 그러하듯, 모두 내 몫인가 싶었다.

나는 여전히 여기 있는데, 떠들썩하게 기뻐했던 기억들이 여전히 내 눈앞에서 반짝이는데, 그 기억에 대해 함께 재잘거릴 대상이 사라졌다.

우리는 누군가와 손을 맞잡고 마음이 간질거려 참기가 힘든 그때, 지나고 나면 허전할 마음의 무게까지 짊어지고

얼어 죽어도 아이스 아메리카노

있었다. 그 무게가 짐처럼 무거울수록 다시는 오지 않을 사람처럼 애틋해지고, 내일이 온다는 것이 두려울 만큼 간절해졌다.

그리고 그런 뒷감당이 두려워지는 순간, 결혼을 다짐했다. 사실은 그런 감정으로부터의 도피였다. 헤어지는 순간 통째로 잘려나가는 기억들이 슬퍼서였고, 나를 가장 나답게 하던 사람을 내 삶에서 잃는다는 것이 두려워서였고, 그런 나를 잃어버리는 것이 아까워서였다. 어쩌면 모든 연애를 통틀어 가장 비겁한 순간이었으며, 그 어느 때보다 철없음이 빛나던 순간이었다.

많은 헤어짐을 겪고 나서 내게 남은 막연한 두려움이 간절함으로 색을 바꾸는 순간, 내 편이 되어줄 단짝 친구가 그리워지는 순간, 우리는 서로를 단짝 친구 1호로 임명했다.

시간이 흐르고 우리는 서로에게 서서히 물들어가고 있

다. 언제나 눈을 뜨면 있어야 할 곳에서 서로를 지켜보고 있다. 두근거리는 설렘보다 어쩌면 더 묵직한 것들을 함께 짊어지고 있다.

너와 나를 딱 반씩 닮은 아이, 우리를 있게 해 준 부모님, 그리고 바쁘게 사느라 잊고 지낸 꿈만 같은 것들.

이제는 그를 보며 처음처럼 설레지 않는다. 멋짐보다는 애잔한 안쓰러움이 느껴지고, 때때로 그에게서 묻어나오는 어린아이 같은 모습에 헛웃음이 난다. 그는 그의 자리에서, 나는 나의 자리에서, 그리고 서로의 인생에 있어 중요한 위치에서 부단히도 열심히 살아가고 있다.

얼어 죽어도 아이스 아메리카노

설렘은 이미 빛이 바랬지만

대신 그 자리를 믿음이 채우고 있다.

그런 의미에서 우리는 여전히 사랑하고 있다.

_____

사소한 것들에 관심 가지기

우스워 보이지 않으려고 값비싼 명품에 기웃거렸다. 내게 오로지 중요한 것은 누구나 알아보는 로고와 추정되는 가격이 전부였다. 사람들의 힐끔거림에 허리가 꼿꼿해지고 여유 넘치는 미소가 새어 나왔다. 그리고 잠깐의 쇼는 끝났다. 사실, 잠시도 내게 머무른 적 없었던 사람들은 제 갈 길을 갔다. 잘난 척 끝에 내게 남겨진 것은 잠깐의 우월감뿐이었다. 그마저도 절대적이지 않은, 사실은 누구도 인정해주지 않는 것. 발버둥 쳐도 우습긴 매한가지였다.

얼어 죽어도 아이스 아메리카노

어설프게 잘난 척하느라 내가 얼마나 소중한 사람인지 알지 못했다. 관심도 없었다. 그건 티가 나지 않으니까. 그래서 어떻게든 주변 사람들보다 잘나고 싶었다. 하나라도 더 얻고 싶었고 하나라도 더 뽐내고 싶었다. 그렇게 하면 무시당하지 않을 것이라 믿었다. 관계에 있어서도 적당한 거리를 철저히 유지했다. 늘 넘어오지 말라고 경고했다. 결국 곁을 맴돌던 사람들은 떠났고 초라한 모습에 화가 났다.

잘난 척을 벗고 나니 날것 그대로의 내 모습이 부끄러웠다. 풍성한 털을 깎고 나면 앙상한 몸만 남아 볼품없는 고양이처럼, 눈을 뜨고 나를 쳐다볼 수가 없었다. 내가 생각하던 나와는 너무 달라서. 그래서 이제 털 부풀리기는 그만하기로 했다. 나이가 들수록 털은 얇아지고 힘이 없어질 테니, 털을 부풀릴수록 듬성듬성 우스워질 것이 뻔했다.

남과 비교하지 않기. 오직 나만을 위한 가방을 만들기 시작했다. 이제라도 알아차리고 '그만'을 외치는 내게 주는 선물이었다. 정말로 내게 필요한 디자인, 내가 좋아하는 색깔, 만졌을 때 편안해지는 감촉, 그리고 나를 토닥여주는 문구 각인, 그것만으로 충분했다.

풍성한 털에 가려진 부드러운 살결, 조금은 큼큼한 냄새, 군데군데 자리 잡고 있는 작은 점들. 나의 사소한 것들에 집중하기로 했다.

얼어 죽어도 아이스 아메리카노

나를 정말로 움직이는 것은 아주 가끔 선물처럼 찾아오는 가슴 벅찬 순간이 아니라 지금의 이 일상과 해야 할 일들이 있다는 것이다.

그러니 매일이 축제처럼 행복하지는 않아도 나는 아주 잘 살고 있다. 사실은 그것만으로도 충분하다.

그러니까 지금 이 순간을

2017년 6월 13일, 늦은 오후에 태어난 작은 아이가 어느새 몸에서 젖비린내를 지우고 사람 냄새를 묻혀간다. 갓난 아기의 울음을 지우고 떼쓰는 울음을 지어내고, 작고 하얗던 얼굴은 햇볕에 타서 보기 좋게 그을렸다. 나의 품에 안겨, 목 부위가 늘어난 티셔츠를 잡고 늘어지던 그 작은 손은 이제 마트 2층에 전시된 자동차를 부둥켜안고 바들바들 떨고 있다.

어느새, 정신을 차리고 보니 또 어느새… 그렇게 아이는

얼어 죽어도 아이스 아메리카노

어느덧 갓 태어났을 때보다 두 배나 키가 커 있었다. 포동포동 살이 오른 열 손가락에, 고집과 욕심 그리고 질투를 꼭 쥐고 있다. 달의 인사를 받고 잠이 든 새카만 밤, 아이가 새근거리며 뱉어내는 숨에는 잠들기 전에 먹었던 젤리의 단내가 들썩거리고, 그 냄새가 좋은지 자다가 히죽거리며 웃는다.

그런 아이를 보며 따라 웃다가 어느새 지워진 아기 냄새가 그리워져 아이의 옷깃을 들어 냄새를 맡아보았다. 아이에게 묻어 있던 그 냄새들은 다 어디로 가버린 건지. 아이가 잠에서 깨어 눈만 뜨면 다시 잠들기를 기다리던 철없음이 후회스러웠다.

또다시 오지 않을 아이의 오늘을 놓치고 아득한 그 냄새를 그리워하고 있는 지금의 내가 참 미련스럽게 느껴졌다. 나는 또, 선물처럼 주어진 오늘을 알지 못한 채 기억만 뒤지며 살아가고 있었다.

지나고 보면 '그때 참 좋았는데' 하고 기억되는 순간들이 많다. 당시에는 대수롭지 않게 여겼던 순간이 참 좋았던 순간이었음을, 그래서 소중한 순간임을 잘 알지 못한다. 오히려 다가오지 않을 일들로 걱정을 끌어안고 고민하느라 우리는 정작 중요한 순간들을 놓치고 만다.

얼어 죽어도 아이스 아메리카노

일어나지도 않을 순간을,

다가오지도 않은 내일을 위해

아등바등 힘쓰지 않았으면 좋겠다.

어차피 일어날 일은 일어나고,

벌어질 일은 벌어진다.

그 일은 그때 가서 생각해도 된다.

그러니까 오늘, 지금 이 순간을

마음껏 만끽하고 즐기자.

다시 오지 않을 지금 이 순간을.

————————

잠시 멈출 수만 있다면

이제 막 더운 여름이 시작되는 6월에 아이를 낳았고, 올해는 아이와 함께 맞이하는 두 번째 봄이었다. 첫해에는 어린아이를 품에 안고서 흩날리는 벚꽃을 구경했다. 설레는 내 맘과 달리 잠기운이 가득한 아이는 자꾸만 품속으로 파고들었다.

내 가슴에 얼굴을 비비며 잠을 자려는 아이에게 소곤소곤 말했다. 우리 앞에 아름다운 봄이 내려왔다고, 이 부드러운 꽃잎을 만져보라고, 작은 목소리로 채근했다. 그러다 때늦은 쌀쌀한 바람이 훅 불어올 때면 카디건을 벗어 아이의

얼어 죽어도 아이스 아메리카노

몸에 덮고는 집으로 돌아왔다.

그러면 나는 또 뭐가 그리도 아쉬운지 창문 밖을 하염없이 쳐다보며 노래를 흥얼거렸다. 젖을 찾는 아이를 품에 안고 창문 밖에서 불어오는 봄바람을 찾아 고개를 기웃거렸다. 그렇게 한참을 젖을 빨다 잠이 든 아이의 곁에서, 봄 햇살에 으스러지듯 누워 꿈속에서나마 기억나지 않는 한때를 헤매었다.

그리고 올해는 아장아장 제법 빠르게 걸을 수 있는 아이가 두 번째로 맞이하는 봄이었다. 옷도 입지 않은 채로 밖으로 나가자고 신발부터 신고 보챌 때면, '이 녀석 참 많이 컸구나' 하고 중얼거리면서 입지 않으려는 옷을 어르고 달래어 겨우 입혀 문을 나선다.

아이는 벌써 몇 걸음은 앞서 걸어가며 빨리 오라 손짓을 하는데, 나는 자꾸만 이 걸음을 멈추고만 싶어졌다. 작년에 피었던 그 벚꽃 나무에 또다시 피어나는 연분홍 꽃잎을 보며 빨리 가자고 내 팔을 당기는 아이를 붙잡아 안고는 버둥

거리는 아이의 귀에 "잠시만, 잠시만"이라고 속삭였다.

점점 벌어지는 아이와 나의 그 거리에, 지난 마음들을 하나둘 내려놓았다. 나는 왠지 모를 아쉬움에 고개를 저었다.

때때로 지금처럼 멈추고 싶은 순간이 있다. 째깍째깍 흐르는 시계의 버튼을 눌러 잠시라도 좋으니 순간을 멈추고 싶어진다. 하지만 시간은 계속해서 흐르고 이미 저만치 걸어가고 있는 아이는 조금씩 더 멀어지겠지. 그러니 지금 내가 할 수 있는 일은 부질없는 아쉬움에 소중한 순간을 놓치는 것보다 행복하고 아름다운 이 순간을 두 눈에 가득 담는 일이다. 소중한 기억으로.

얼어 죽어도 아이스 아메리카노

지금 내가 할 수 있는 일은

부질없는 아쉬움에

소중한 순간을 놓치는 것보다

행복하고 아름다운 이 순간을

두 눈에 가득 담는 일이다.

_____

바탕체 같은 사람

/

조용히 핸드폰을 보는 남편을 바라보다가 문득 얼마 전에 우연히 알게 된 퀴즈를 내고 싶어졌다.

"여보, 내가 문제 하나 낼게. 맞혀 봐. 하늘에 콩이 두 개 있으면 뭐게?"

"몰라."

"스카이콩콩! 제대로 맞춰보라니까. 맞히면… 좋아! 내가 십만 원 줄게. 대신 틀리면 만 원 벌금."

"그래? 다시 내 봐."

"좋아. 왕이 궁에 들어가기 싫을 때 하는 말이야. 이게 뭐게?"

"글자 수는?"

"세 글자 혹은 여섯 글자."

그는 핸드폰을 내려놓고 한참을 고민하기 시작했다. 내향적인 성격에 사교적이지 못한 남편은 일명 집돌이였고, 푹신한 소파에 누워서 살 비비기를 좋아하는 집순이인 나와 궁합이 잘 맞았다.

"모르겠는데. 다른 힌트는?"

"글자에 왕이나 킹이란 글자는 없어. 여기까지. 맞혀 봐."

"남편은 어떤 사람이에요?" 누군가 내게 물은 적이 있다. 나는 망설임 없이 "궁서체 같은 사람이에요"라고 대답했다. 그런데 말하고 나니 궁서체도 아깝다는 생각이 들었다. 궁서체가 어떤 느낌인지 신중히 생각해서는 아니었지만 그래도 궁서체는 진함과 굴곡이 있고, 어쨌든 글자가 가진 냄새가 좀 더 진했다. 그런 것들과 나의 남편은 거리가 있었으니까. 그래서 그를 '바탕체'로 수정했다.

맞다. 그는 바탕체 같은 사람이었다.

특별한 개성도 재미도 없어 보이지만, 오래 보아도 눈이 편안한 바탕체 같은 사람. 그러니까 천국과 지옥을 하루에도 수차례 오가는 내게는 그 어떤 글씨체보다도 휴식 같은 사람. 그런 사람이 나의 남편이다. `

"모르겠다. 답이 뭔데?"

답을 말하려다가 웃음이 터져버렸다. 막상 그에게 알려주려고 답을 떠올리니 너무 웃겨서 나는 배를 잡고 눈물을 토해내며 그의 어깨에 기대 깔깔 넘어가기 시작했다. 그는 역시나

얼어 죽어도 아이스 아메리카노

그답게, 아무런 표정도 조금의 흔들림도 없이 나의 웃음이 잠잠해지기를 기다렸다.

"궁시렁궁시렁!"

"뭐?"

"왕이 궁에 들어가기… 큭큭… 싫어서 하는 말! 궁시렁궁시렁. 큭큭…"

나는 숨을 참아가며 겨우겨우 답을 뱉어냈다. 결국 더 이상 웃음을 참지 못해 아예 바닥에 주저앉아 그의 다리에 얼굴을 파묻고 웃기 시작했다. 그가 대학생 때부터 입었다고 했으니 십오 년은 된 체크무늬 면 잠옷이 웃다가 흘려버린 나의 침으로 흥건해지기 시작했다.

"여보, 안 웃겨? 웃기지!"

그는 늘 그랬듯 웃음을 '종용'하는 내게 한심스럽다는 눈빛을 보이며 선을 그었다. 나는 그 모습이 또 웃겨서 '탕탕' 바닥을 치며 웃어 넘어가기 시작했다. 사실 생각해 보면 그는 전혀 웃긴 사람이 아닌데, 너무 웃기지 않아서 날 웃게 했다.

우리 집은 1년 365일이 똑같다. 난 웃고 그는 웃는 나를 쳐다보고, 난 울고 그는 우는 나를 쳐다보고. 매일 그 자리에 똑같은 표정으로 앉아 나를 쳐다보는 사람. 가끔 그가 일 때문에 자리를 비운 집에 들어가면 그가 앉아 있던 소파 한구석이 쓸쓸해 보여 애써 큰 소리로 웃어보곤 한다. 이 넓은 집에 그의 흔적이 남아 있는 곳이라곤 소파 한구석 딱 거기뿐이라서. 그의 냄새가 그리워서, 나는 그가 앉던 그 자리 앞에 앉아 그에게 전화를 걸곤 했다.

"여보, 보고 싶어"라는 나의 말에, "그래"라고 돌아오는 그의 답을 듣기 위해. "나도"라는 대답은 아마 이번 생에선 못 들

얼어 죽어도 아이스 아메리카노

지 싶다. 그리고 나는 그 대답이 반드시 필요한 사람이라서,

다음 생에도 그를 졸졸 따라다니지 않을까 싶다.

순간의 행복

습관적으로 찾아오는 부정적인 생각과 감정들은 이미 내 삶의 일부 같다. 심지어 행복한 지금 이 순간마저, 눈꼴이 시려 가만히 지켜볼 수 없다는 듯이 스멀스멀 기어올라 온다.

때로는 과거에 했던 많은 실패를 근거로 한 섣부른 부정적 기대로 지금 이 순간이 무너질 것이라 내게 속삭인다. 넌 그럴지도 모른다고, 지금의 이 따스함은 네겐 어울리지 않는다고, 아주 잠시 잠깐 머물렀다 흩어지는 꽃잎 같다고, 그러니 너무 좋아하지 말고 긴장하라고.

얼어 죽어도 아이스 아메리카노

또다시 어두운 생각들과 그로 인한 불안이 지금 이 순간을 덮치려 할 때, 나는 그런 내 모습을 가만히 들여다보았다. 그 옛날 붓다가 마라에게 "마라여, 내가 너를 본다" 하며 잠시 머물다 가게 한 것처럼.

나의 내면을 가만히 들여다봄으로써 부정적인 생각들을 나와는 별개의 것으로 분리했다. 그러자 헛된 고통의 순간이 그리 오래가지는 않았다. 그리고 부정적인 생각들이 차지했었던 공간에 서둘러 내 눈앞에 놓인, 하마터면 놓칠 뻔했던 '지금'을 담기 시작했다.

아이가 잠들고 찾아온 잠깐의 휴식, 얼굴에 내리쬐는 오후의 따뜻한 햇살, 달콤한 시럽을 잔뜩 뿌린 캐러멜마키아토 한 잔… 소소한 순간이 행복으로 물든다.

내 남자의 외조

나는, 다정한 말 한마디 건넬 줄 모르며 집이 며칠째 어지러워도 휴지 조각 한 장 주울 줄 모르는 남자와 그런 남편의 모습을 그대로 닮은 아이와 함께 살고 있다.

그리고 분명 방금 전까지만 해도, 동물원에서 신나게 놀다 왔는데도 전혀 지친 기색이 없는 아이에게 책을 읽어주고 있었다. 그런데 갑작스레 느껴지는 고요함에 깜짝 놀라 몸을 푸르르 떨며 일어났다. 아, 깜빡 잠이 들었나 보다.

집 안 구석구석을 기웃거렸다. 침대 위에는 책들이 어지럽게 널브러져 있고, 방문을 열고 나가니 거실에는 온갖 종류의 장난감이 쏟아져 있었다. 부엌 바닥에는 아이가 흘린 우유가 그대로 있었지만, 그 어디에도 아이와 남편은 없었다.

내가 누적된 피로에 뻗어버리자, 남편이 책이 고픈 아이에게 마저 읽어준 모양이었다. 그리고 그는 이때가 기회다 싶어 장난감을 죄다 꺼내오는 아이 손을 잡고 나와 어설픈 아빠 흉내로 거실을 가득 채웠고, 그래도 기운이 뻗쳐 내가 잠들어 있는 방문을 두드리려는 아이를 훔쳐 집 밖으로 나가 멀리 달아났다.

오늘 아침 내가 퉁퉁 부은 얼굴로 글 쓸 시간이 부족하다고 하소연할 때는 들은 척도 안 하더니, 오후에는 기필코 글을 쓰겠다고 다짐하던 내가 뻗어버리자 이제 좀 자라며 방문을 닫고 내 얼굴 위에 고요를 내려놓았다.

늘 그랬듯 여전히 시간은 부족하지만, 왠지 오늘 마음만큼은 조금 더 여유로웠다. 무뚝뚝하기로는 어디 내놓아도 지지 않을 내 남자의 외조. 나는 지금, 그런 사람과 살고 있다.

오늘은 그를 위해, 그가 좋아하는 김치찌개를 보글보글 끓여 내어야겠다. 하얀 김이 모락모락 나는 갓 지은 밥에 정성스럽게 돌돌 말아 구운 계란말이와 함께. 맛있다는 표현 대신, 밥 한 그릇을 뚝딱 비우고 또 한 그릇 가득 담아올 그의 모습을 말없이 지켜보아야겠다. 무심한 표정으로 국에 밥을 말고 한가득 퍼 올린 그의 숟가락 위에 계란말이 한 조각을 올려 주어야겠다. 그러면 그는 아마 미간을 찌푸리며, 못 이기는 척 아직 김이 식지 않은 밥을 한 숟갈 퍼서 입 안에 가득 넣겠지.

얼어 죽어도 아이스 아메리카노

그렇게 소중한 것들은

대부분 평범하고 일상적인,

그래서 너무도 당연하게 생각했던 것들이다.

———————————

환상과 경험의 차이

정말 오랜만에 집에 친구들이 놀러왔다. 친구들은 전보다 더 늘어난 책들을 보고 한 번씩 놀랐고, 늘어난 책만큼이나 훌쩍 커서 장난을 치고 있는 아이를 보고 한 번 더 놀랐다. 그러다가 곧 결혼을 앞두고 있는 친구가 물었다. "뭘 할 때 아이가 제일 예뻐 보여?" 모범적인 답은, "뭘 하든 예쁘지"라고 대답하는 거지만, 나는 "뭘 안 할 때 제일 예쁘지"라고 대답했다.

사실 그대로를 말했을 뿐인데, 당황한 친구들은 그저 놀란 눈으로 나를 쳐다보았다. 그대로 두었다간 나의 의도와

얼어 죽어도 아이스 아메리카노

달리, 아이를 사랑하지 않는 매정한 엄마로 비칠까 봐, 그건 또 사실이 아니기에 덧붙여 설명했다.

밥을 먹을 때도 똥을 쌀 때도 "싫어, 싫어"하며 하루종일 싫어만 외칠 때도, 땀 흘려가며 겨우 치워놓은 거실을 5분도 되지 않아 난장판으로 만들어 놓을 때도, 그래놓고 뭐 대단한 업적이라도 이룬 것처럼 어깨를 펴고 고개를 치켜들며 나를 쳐다보고 있을 때도, 물론 예쁘지.

그런데 얘들아. 그렇게 온종일 기가 뻗쳐서 놀다가 언제 그랬냐는 듯 대자로 뻗어 자고 있는 아이의 모습을 볼 때면, 그렇게 예쁠 수가 없어. 그 모습은 마치 온몸으로 "아기 천사 한 명이 이렇게 곤히 잠을 자고 있으니 경건한 마음으로 나를 숭배하라"고 말하고 있는 것 같아. 머리가 땀에 흥건히 젖어, 미처 닦지 못한 초콜릿을 입가에 그대로 묻힌 채로 잠든 모습이 너무 사랑스러워서 치우고 치우다가 지쳐서 녹초가 된 몸으로 아이 옆에 누우면 새근거리는 숨소리가 나의 코끝에 닿고 콩닥거리는 심장 소리가 귀를 간지럽혀. 무슨 꿈을 꾸는지 히죽거리는 입술에 입맞추면 남편과 연애할 때 입맞추던 것과는 비교할 수도 없을 만큼 황홀해 지거든(남편 아, 미안).

일하느라 땀으로 범벅이 된 남편의 몸에서 나는 그 쉰내 는 짜증을 치솟게 하지만, 신나게 노느라 땀범벅이 된 아들 의 몸에서 나는 쉰내는 내 마음을 몽글몽글하게 만들어버려 (또 미안…). 출산과 동시에 나는 심적으로 아들과 바람이 난 상태이니, 어쩔 수 없는 노릇이긴 해.

도무지 이해가 가지 않는다는 표정으로, 뭐 그런 게 다 있 냐는 눈빛으로 피식 웃는 친구들을 보며 나도 덩달아 웃었 다. 아이를 낳기 전엔 알지 못했던 행복이었으니까. 잘 키울 수 있을까 하는 불안과 나의 못남으로 인해 아이에게 버럭 화를 낸 후의 슬픔을 앞에 두고도, 날 웃게 하는 아이였다.

얼어 죽어도 아이스 아메리카노

여전히 엄마로서 나는 부족하지만, 염치도 없이 나는 아이로 인해 오늘도 행복하다. 이 아이와 함께라면, 아마 내일도 행복할 것이다.

깨고 싶지 않은 꿈

꿈에서 깨자 아직은 찬 3월의 밤공기가 그대로 느껴졌다. 분명 꿈속에서 아이가 나왔던 것 같은데, 막상 눈을 뜨니 아이가 나왔었는지 가물거렸다. 한참 꿈과 현실을 오가다 아이의 잔기침 소리가 그 둘을 가르고 나서야 겨우 정신을 차렸다.

잠들기 전 옷을 입지 않겠다는 아이와 씨름하다가 결국 긴 소매 잠옷 대신 수면 조끼 하나만 겨우 입혔다. 공기를 찢는 거친 기침이 아이의 입술 밖으로 터져 나오자, 미안함에 이내 얼굴을 붉혔다.

얼어 죽어도 아이스 아메리카노

창문 틈으로 바람이 들어오지는 않는지 확인하고, 방의 온도를 올린 뒤 벌써 바삭하게 말라버린 수건에 물을 적셔 다시 널어 두었다. 옷장에서 긴 소매 잠옷을 꺼내어 아이에게 다시 입히려는데, 일그러지는 아이의 표정을 보고 한참을 망설이다 결국 잠옷을 다시 옷장에 넣었다. 그러고 나서 이불을 몇 번이고 자꾸만 걷어차는 아이에게 또다시 이불을 덮어주었다.

의미 없어 보이는 이 행동을 수없이 반복하다가 아예 반대편으로 굴러가 버리는 아이를 안아 내 곁에 눕혔다. 칭얼거리는 아이를 끌어안고, 나의 온기로 차갑게 드러난 아이의 팔을 쓰다듬었다. 포동포동 살이 올라 부드러운 아이의 살결을, 기다랗고 메마른 나의 손으로 만져주었다. 그렇게 아이의 숨을 따라 나의 숨을 뱉어내다 보니, 문득 옛날의 기억이 스쳤다.

깊은 밤, 눈을 떴을 때 나를 끌어안고 내 머리칼을 쓰다듬던 어머니의 모습. 그 다정한 눈길과 따뜻한 온도가 너무 좋아서 이게 꿈인지 아닌지 헷갈렸던 그때, 그 순간.

내 손길에 아이도 잠시 잠에서 깨어났을까. 그 옛날의 나처럼 잠시 미소 지었을까. 그 기억을 아이에게 전해주고 있는 것 같아 입가에 미소가 퍼졌다. 씰룩거리는 아이의 작은 입술에 입을 맞추었다.

벌써 날이 밝아온다. 어쨌든 오늘은 마음을 굳게 다잡고 긴 소매 잠옷을 입혀야겠다고 되뇌이다 스르르 잠이 들었다. 꿈속에서는 여전히 아이와 함께인 내가 있었다.

"이미 삶은 주어져 있다. 즐겁거나 괴롭거나 어떻게 살 것인가는 나의 선택일 뿐이다. 태어났다면 누구나 다 행복하게 살 권리가 있다."

_____

세상에 빚을 지고 살아간다

문득 세상에 내 편이 없는 것처럼 느껴질 때가 있다. 자의이든 타의이든, 스스로를 고립시킨 삶 혹은 지나치게 밖으로만 내몬 삶은, 채우기 위해 무엇이든 한다. 누군가는 술로 채우고 또 누군가는 알맹이 없는 스케줄로 빼곡하게 채운다. 이때는 생각이란 걸 하면 할수록 자기원망밖에 되지 않으니, 그 틈을 내어주지 않는 것이다.

그래도 가끔 벌려진 틈새로 울적해질 때면, 작게 중얼거린다. 나는 세상에 빚을 지고 살아간다고. 그리고 고개를 돌려 너무 사소해서 생각조차 하지 못했던 빚들을 하나둘 세

얼어 죽어도 아이스 아메리카노

어 본다. 집 앞이 깨끗하게 정돈되어 있다거나 따뜻한 햇볕
과 시원한 바람을 맞으며 출근을 한다거나 하는 것들. 권리
처럼 받아들였던 것들이 당연하지 않게 느껴질 때쯤, 울적
한 기분도 한결 가벼워진다.

그렇게 부지런히 고마운 것들을 찾다 보면, 우연히 눈이
마주친 낯선 타인도 조금은 가깝게 느껴진다. 그렇게 하나
둘 엉킨 타래를 풀다 보면 어느덧 꽁꽁 얼어붙었던 마음이
풀리면서 따뜻해진다.

함께라서 행복해

"차에 웬 돌이야?"

"응? 아, 어디 가면 꼭 돌을 주워서 오네. 어린이집 앞에 알록달록한 돌이 많은데, 꼭 한 손에 하나씩 들어야 그곳을 뜬다니까. 내일 갖다 놓자고 일단 가져왔지, 뭐."

"아, 내가 어릴 때 그랬어."

"뭐가?"

"돌 모으는 걸 좋아했다고."

아이는 머리끝부터 발끝까지, 보이는 모든 것이 날 빼닮

얼어 죽어도 아이스 아메리카노

왔다. 아침에 남편이 일어나 방문을 나서다 돌아보면 깜짝 놀란다고 이야기 할 정도다.

반대로 낯선 이를 경계하며 조심성 많은 성향과 밥과 국이 있어야 만족스러운 식사를 끝내는 그 식성은 남편을 닮았다. 하지만 겉으로 드러나는 구석이 없어서 내심 섭섭했던 걸까. 아니면 그저 그런 모습이 반가웠던 걸까. 돌 모으는 것을 좋아했다며 나는 전혀 알지 못하는 그 옛날의 어린 자신을 더듬더듬 기억해내는 남편의 모습이 조금 웃기기도 했고 사랑스러웠다.

남편의 이야기를 듣고 나니, 아이가 어디론가 달려가 돌을 주워올 때면 그 행동이 왠지 더 기특해 보였다. 아이의 희고 작은 손에 쥐어진 그 돌이, 내게 그 돌을 보여주며 자랑하듯 눈을 번뜩이는 그 모습이, 너무 멋지다고 웃으며 말하는 나를 따라 웃는 아이의 웃음소리가, 수십 년 전 필름 속 한 장면 같아서. 이유 모를 아련함이 마음속에 번졌다.

얼어 죽어도 아이스 아메리카노

남편과 나 사이에 생긴 이 작은 아이로 인해

하나둘 우리의 기억들을 꺼내어볼 때면,

우리가 모르고 자랐던 그 시간들의 퍼즐을

맞추는 것만 같아서 참 즐겁다.

오늘도 변함없이 함께라서 행복하다.

———————————

세 가지 약속

집돌이와 집순이가 만나 결혼하고, 서로의 반씩을 내어 준 아이가 태어났다. 얌전하고 조용한 줄 알았던 아이가 두 돌이 지나자, 언제 그랬냐는 듯 엄청난 에너지를 뿜어내기 시작했고, 이내 걱정이 되기 시작했다.

콜콜 잘만 자는 아이 옆에서 남편은 쿨쿨 잘만 잤고, 또다시 나만 잠 못 든 채 걱정을 했다. 어딜 가든 아이에게 맞춰 잘 놀아주고, 아이의 넘치다 못해 용솟음치는 기운을 잘 받아주는 친정 오빠를 떠올리며, '체력 증진 계획'을 세우기 시작했다.

얼어 죽어도 아이스 아메리카노

영양제를 종류별로 꼭 챙겨 먹기, 아침은 꼭 밥을 먹기, 하루에 2번 이상 계단 오르내리기, 하루에 세 번 소리 내어 웃기 등 사실 아침에 일어나면 까맣게 잊어버릴 것들이었다.

하얀 종이를 빼곡하게 채운 계획들을 들여다보고 있자니 구역질이 날 만큼 속이 상했고, 짜증이 몰려왔다. '체력이 늘어나는 건 좋지만 그렇다고 어떻게 다 맞춰준다는 거야. 나는 나라고!' 그래도 새근거리며 자는 아이의 얼굴을 보니 뭐라도 해주어야 할 것 같은 마음이 짐이 되어 무거워졌다. 줏대 없는 마음은 그것이 문제라는 것을 망각한 채 말꼬리를 늘어 잡았다.

아이를 낳으면, 언제나 최선의 것을 주겠노라 다짐하며 육아서도 100권 가까이 읽고, 온갖 종류의 육아 강의도 틈틈이 들었는데… 그간의 노력이 물거품이라도 된 듯 매 순간 난관에 부딪혔다.

그래, 이 시기에는 엄마·아빠가 몸으로 놀아주는 게 최고지. 살 비비며 뒹굴고, 햇볕 아래서 뛰어 놀고, 여름이니 시원한 물가에서 물장난을 치러 다니는 것, 그것만한 선물이 없지. 모두 다 알고 있는데, 몸으로 놀아주는 것은 그나마 젊은 나는 30분, 나보다 늙은 남편은 10분. 우리는 겨우 그 정도만으로도 이미 지쳐서 뻗어버리곤 했다.

다른 집을 따라 하다가는 금세 백기를 흔들며 장렬히 전사할 것만 같아서, 해 줄 수 있는 것 딱 세 가지만 찾아보기로 했다.

하나. 쏟아지는 밤하늘의 별을 보기 위해 캠핑을 떠나지는 못하지만, 아이가 어디든 가고 싶다고 할 땐 빈 가방이라도 들고 문을 나설 것.

둘. 물을 겁내는 아이 앞에서 물에서 신나게 노는 모습을 보여주지는 못하지만, 물가에 앉아 발을 조심스레 담글 때까지 곁에서 있어 줄 것.

얼어 죽어도 아이스 아메리카노

이런, 두 개에서 막혔다. 해 줄 수 없는 것은 열 개라도 빼곡하게 쓰겠는데… 해 줄 수 있는 건 없어도 너무 없었다. 열대야가 기승을 부리는 8월의 밤, 이리저리 뒤척이는 아이를 토닥여 재운 후 드디어 마지막을 채웠다.

셋. 하늘을 다 가져다 줄 수는 없지만, 높이 날아가는 아이를 보며 미련 없이 손 흔들어 줄 것.

그래, 그럼에도 불구하고

2년을 살았던 전셋집의 계약 기간이 끝나서 새집을 구했음에도 보증금을 돌려받지 못해 바로 이사하지 못했다. 그 탓에 이사 갈 아파트의 단지 내 어린이집에 아이를 등원시키기 위해선 차로 15분을 달려가야 했다.

아이와 함께 그 길을 다니는 동안 우리는 고소작업차, 굴착기, 덤프트럭, 레미콘을 만났다. 석 달째 중장비에 푹 빠져 있는 아이의 눈은 연신 반짝였다. 시간과 돈 어느 것 하나 제대로 맞춰지는 것이 없어서 애가 타는 나와 달리, 아이의 세상에선 언제나 모든 것이 적절해 보였다.

얼어 죽어도 아이스 아메리카노

꽤나 흡족해하는 아이를 어린이집에 등원시킨 후, 나는 새로 이사할 아파트에 들러 점검을 했다. 새로 지어 처음 입주가 시작된 아파트인데도 마음에 안 드는 구석이 많았다. 들떠 있는 벽지, 뾰족하게 솟아 있는 마루, 엉망으로 시공된 천장 커튼 박스와 문틀까지. 찾으면 찾을수록 끝도 없이 나오는 하자도 문제였지만, 시간만 끌고 있는 하자 접수 센터와 시공사 때문에 지켜보고 있으면 뒷목이 뻐근했다.

목소리를 높이면 그제야 시공을 해주는 무질서함과 이 난리 중에 모든 것을 내게 맡겨버린 남편 등 모든 게 나의 신경을 날카롭게 만들었다. 빚을 잔뜩 안기는 했지만 우리 부부가 처음으로 마련한 집이었다. 그만큼 기대가 컸는데 여건이 따라 주지 않으니 점점 답답해졌다.

나는 하자 접수 센터에 전화를 걸어 하자 처리에 대해 따져 물었고, 전화를 끊고도 볼멘소리를 중얼거렸다. 여기에도 툭, 저기에도 툭, 온갖 불만들을 뱉으며 구석구석을 훑다가 거실 위에 놓인 햇볕에 문득 시선이 닿았다. 나의 독설을

도저히 참을 수 없다는 듯, 이제 막 거실 위에 수를 놓던 그 별은 호기롭게 반짝였다. 마치 나를 좀 보라고 뽐내는 것처럼. 못 이긴 척 다가간 그곳은 생각보다 더 따뜻하고, 기대보다 더 아름다웠다.

창밖에선 따뜻한 봄 햇살이 집 안을 비추고 아직은 키 작은 매화나무가 여린 꽃봉오리를 터뜨리고 있었다. 나는 투덜거리던 소음을 잠시 끄고 창가로 가서 우리가 함께 서서 바라볼 수줍은 연분홍 꽃잎들을, 생기 어린 초록 잎들을, 차가운 바람을 머금은 암갈색 가지들을 떠올렸다. 이 자리에 함께 서서 재잘거릴 그 모든 것에 대하여.

우리 세 식구가 이 공간을 우리만의 냄새로 가득 채울 수 있도록, 봄이 먼저 와 텅 빈 공간을 물들이고 있었다.

얼어 죽어도 아이스 아메리카노

그래, 생각해보니 꼭 나쁜 것만은 아니었다.

재촉하지 않아도 어차피 모든 것은

다 제자리를 찾을 것이다.

시간이 좀 걸리는 것뿐. 그럼 됐다.

———————

힘든 순간을 이겨내다 보면

당신에게도 꼭 따뜻하고 찬란한

봄이 올 거예요.

그렇게 모든 것이 괜찮아질 거예요.

4장

결국 모든 건 괜찮아질 거야

상실을 인정하는 것

시간이 흐르고 나이를 먹을수록 점점 주변 사람들이 정리되기 시작했다. 어쩌면 정리되는 게 아니라, 정리될 관계였을 뿐이라는 생각이 들었다. 서로의 일상에 대한 지분이 사실은 상실되었음을 인정하는 것, 그게 참 어렵다. 여전히 나는 가까웠던 누군가와의 기억을 현재라 믿고 부질없는 미련을 놓지 못하고 있었다. 관계에 있어 변하지 않는 것은 없다는 사실을 또 망각했다.

어린 시절을 함께 했던 친구가 보고 싶은 건 어쩌면 그가 나를 다 안다는 착각이 그립기 때문일지도 모른다. 사실은

얼어 죽어도 아이스 아메리카노

그렇지도 않은데 그렇다고 믿고 싶을 만큼 지쳤는지도. 굳이 설명하지 않아도 기울이는 술잔에 고개를 끄덕여 줄 것만 같은 환상, 나에게도 어딘가엔 그런 이가 있다고 믿고 싶은 어린아이 같은 착각.

살며시 기대를 품고 '잘 지내냐'는 안부로 넌지시 마음을 떠보지만, 그와 나의 온도가 같지 않음을 인지하는 순간 실망은 상처가 되어 마음을 후벼 판다. 연락하지 말 걸 뒤늦게 후회하면서.

몇 번의 '오랜만'이라는 시도 끝에 가까스로 기억의 추를 지금으로 돌리고 나면 유난히 허전해졌다. 어느덧 정리되어 버린 관계들에 슬퍼져서 그 미련을 놓지 못하고 있었다. 그 관계를 놓는다고 행복했던 기억들마저 날아가는 건 아닌데, 마치 그 모든 것이 부정될 것만 같아서.

의도치 않았더라도 지나버린 관계는 그대로 둘 수밖에 없다. 결국 상실을 인정하는 것이다.

찬란한 우리의 봄을 위해

남보다 성숙한 탓에 남보다 일찍 어른이 되었고 그럼에
도 미숙한 탓에 참 많이도 흔들렸다. 줏대 없이 여기로 잠깐
저기로 잠깐 흔들린다는 것이, 부단히도 완성되고 있는 중
이라는 것을 알지 못해서 나만 이럴 것이라는 생각에 모든
것이 원망스러웠다. 그러다가 우연처럼 운명적인 사랑을 했
고 오랜 반대로 지쳤던 나는 결혼식을 대충 치렀다.

신혼도 없이 아이를 가지려 하는 내게 누군가는 바보 같
다 얘기했지만, 행복하지만 슬픈 마음은 부여잡을 끈이 필
요했다. 걱정 많던 내 성격을 우려했는지 금세 아기 천사가

얼어 죽어도 아이스 아메리카노

찾아왔고, 아직 엄마 준비가 되어 있지 않던 나는 행복하다가도 슬퍼지고 가끔 울고 싶다가도 기뻤다.

나 하나도 제대로 다루지 못했던 내가 엄마로 불린다고 해서 갑자기 어른이 되는 건 아니었다. 여전히 어린아이 같아서, 나를 인정하기보다는 억지로 덮어두는 것을, 이해하기보다는 탓하는 것을, 용서하기보다는 감추는 것을 잘했다. 상황이 달라진다고 오랜 습관마저 변하는 것은 아니었다. 갑작스레 바빠지는 분주함에 덩달아 허둥대다가 덩그러니 홀로 놓인 그 모습이 낯설어서 이내 시무룩해졌다.

채워지지 않는 허기로 임신 중 체중이 30kg이나 늘었고, 채워지지 않는 마음은 내 안의 깊은 곳에 묵묵히 쌓여가고 있었다. "나 정말 기뻐" "나 정말 행복해"라는 말을 수없이 내뱉으며 그런 줄 알고 고개를 끄덕였지만, 출산 후 호르몬 탓에 우울감이 이때를 기다렸다는 듯 '펑' 하고 터졌다.

돌봐야 하는 아이가 있지만, 눈을 뜨고 있는 것보다 잠들어 있는 시간이 많았던 그때. 그러니까 내가 혼자 침묵 속에 있어야 하는 시간이 무작정 늘어나던 그때는 버티기 정말 힘든 시간이었다. 나는 조용한 것을 이기지 못해서 누구와 무슨 말이든 떠들어야 할 것 같은 강박이 있었다. 입을 닫고 조용히 나를 마주하는 것이 가장 무서웠다.

나는 어느새 13층 베란다 아래를 내려다보고 있었다. 내어 보이지 못해 더 깊게 스며들었던 슬픔이란 얼굴로.

13층은 어쩌면 고통 없이 한번에 끝낼 수 있는 딱 적당한 높이였고, 구석에 있는 이 아파트는 이웃에게 덜 미안해도 될 위치였다. 어정쩡한 낮이니 그 모습을 사랑하는 남편에게 보이지 않아도 될 시간이었고, 모든 것이 완벽한 순간이라고 착각했었다.

완벽하려는 강박감, 나는 그것에 오랜 시간 서서히 물들어왔다. 그것이 나인 채로 내가 그것인 채로. 결국에는 결코 닿을 수 없는 상상 속의 나였을 뿐이라는 것을 알아차리자,

무너지는 것은 순간이었다. 온화하고 지혜로우며 이성적이면서 동시에 사랑스러운 엄마가 되고 싶었는데, 나는 도대체 여기에서 왜 이러고 있는 건가 싶어서, 꽤 오랫동안 차가운 베란다 난간에 기대어 서 있었다.

아래를 바라보며 아찔한 상상을 하고 있던 그때, 갓 돌이 지난 아이의 울음소리가 들려왔다. 목이 쉬어라 울음을 내지르면서 벌게진 눈으로 유리로 된 문을 탕탕 두드리고 있었다.

아이를 처음 안는 순간, 내 모든 것을 내어 줄 수도 있겠구나 하고 생각했었는데, 여전히 뜨거운 아이의 몸을 끌어안으며 슬픔보단 기쁨을, 아픔보단 사랑을 주겠다고 다짐했었는데.

아이가 이런 내 모습을 쳐다보고 있다는 사실을 잊고 있었다. 급히 거실로 달려갔다. 눈물이 콧물이 되고 침이 흘러

내리는 아이를 끌어안고 같이 울어버렸다.

그리고 우리는 손을 '꼬옥' 맞잡고 비 오는 날에 땅의 눅눅한 습기와 비릿한 흙 내음을 맡을 수 있는 1층으로 이사를 했다.

한껏 뽐내며 피웠다가 불어오는 바람에 소리도 없이 지고 마는 꽃과 찬바람에 어느새 붉게 물들었던 잎마저 떨어져서 이젠 앙상해진 가지와 그럼에도 따뜻한 봄이 올 거라는 사실을 알고 어제도 오늘도 내일도 창문 밖에 버티고 서 있는 매화나무가 보이는 곳.

따뜻한 봄이 오면 푸르르게 빛나던 잎들도 차디찬 바람에 흔들리고 그 많던 잎들을 떨어뜨린다. 다시금 다가올 따뜻한 봄을 위해.

늘 모든 일을 척척 해내는 '완벽한 사람'은 없다. 누구나 견디기 힘든 순간이 오고 울고 싶은 순간이 있다. 그럴 땐 마음껏 울고 마음껏 슬퍼하면서, 주변 사람에게 도움을 요청하면 좋겠다. 나 지금 너무 힘들다고, 따뜻한 위로가 필요하다고.

"힘든 순간을 이겨내다 보면 당신에게도 꼭 따뜻하고 찬란한 봄이 올 거예요. 그렇게 모든 것이 괜찮아질 거예요."

미련

미련이 남는다는 말은, 한때는 뜨거웠지만 그럼에도 아직 태우지 못한 게 남았다는 걸 의미한다. 그저 아쉽다고 단정 짓기엔 너무 가볍고, 서글프다고 토해내기엔 무거운 것.

매 순간 최선이라 믿었고 이것이 나의 한계라 생각했기에 후회도 미련도 없을 것 같았다. 그렇게 믿었다. 하지만 지나온 사람, 장소, 사건 중 어느 것 하나 미련이 남지 않는 것이 없었다. 결국 미련이란 스치는 기억의 한순간을 잡아 내 앞에 앉혀놓고 그때 왜 그랬냐고 채찍질하는 일이며, 이제 좀 놓으라고 뿌리치는 그 녀석 목에 밧줄을 옭아매고 정

얼어 죽어도 아이스 아메리카노

말 미안하지만 방법을 알지 못한다며 용서하라고 울부짖는 일이다. 그야말로 부질없는 일.

지난날을 돌아보며 그때 왜 그 정도밖에 하지 못했는지를 되뇌면 답답해지고, 자꾸만 돌아보며 괴로워하는 내 모습이 갑갑해졌다.

후회와 그로 인한 미움으로 시퍼렇게 물든 내게도 반짝이던 순간이 있었을 텐데…. 결국엔 후회였을지라도 어쨌든 그때만큼은 기특하다며 마음이 몰랑거리던 순간 말이다. 그 순간이 스쳐온 기억 어디 한군데에서 웅크리고 있을 거란 생각이 들자, 못난 마음을 붙잡고 있던 손에 힘이 탁 풀렸다.

어설프지만 용기를 내어 마침표를 찍던 그 순간의 용기를 잊어버린 거냐고. 어쩌면 그 한때를 넘기기 위한 변명이었다 할지라도 어떻게든 버티기 위한 위로였음을 정말 잊은 거냐고.

공중에 붕 떠버린 슬픈 마음에 '휘이' 하고 손을 내저었다. 부정하지 않는다는 것이 인정한다는 말과 동격은 아니지만, 인정할 수 없지만 부정하지는 않음으로써 조금은 덜 슬프고 조금은 더 예쁘게 쳐다볼 수도 있다.

마음을 다하던 그때의 최선을 이제 와서 미숙하다고 탓할 수 없고, 결단을 내리던 그때의 떨림을 어리석다고 깎아내릴 수도 없다. 아직 여물지 못해 유난히 떫은 열매 같은 그때의 내겐 그것이 용기였고 의지였으며 위로였으니까.

다시 돌이킬 수 없는 마음도

다신 돌아가고 싶지 않은 마음도

모두 거기에 둠으로써 온전해진다.

———————

이불 킥

／

잠에 들기 전 모든 것이 조용해진 밤이면, 애써 꾹꾹 눌러 묻어 두었던 오래전 기억이 불현듯 떠오른다. 그럴 때면 억지로 닫아두었던 분노가 소용돌이치며 올라와 나는 온 힘을 다해 이불을 걷어찬다.

이제 와서 당사자에게 전화해 그때 왜 그랬냐고 따져 물을 수도 없는 일들, 나조차도 내일이 되면 오늘 밤 이렇게 괴로워한 사실조차 기억하지 못할 일들. 결국에는 또다시 상처만 남은 채 한밤중의 소동으로 끝나고 만다. 어지러운 감

얼어 죽어도 아이스 아메리카노

정만 남고 단단하지 못한 마음은 텁텁하고 씁쓸해졌다.

나는 씹고 또 씹어 뱉는다. 이제는 형체도 잃어버린 기억들을 다시 주워 담아 씹고 또 씹었다. 그렇게 한참을 씹다가 결국 삼키지 못한 채 계속 씹기만 했다.

그때 왜 그랬을까.

그때 왜 얘기하지 못했을까.

부질없는 질문과 속을 채우는 화는 좀처럼 가라앉지 않았다. 지나간 것은 지나간 대로 흘려보내야 함을 잘 알고 있음에도 좀처럼 내려놓기가 힘들었다. 정작 당사자는 그런 일이 있었는지조차 까마득히 잊은 채 편안하게 잠을 이루고 있을 텐데, 혼자만 미련하게 되돌릴 수 없는 일에 끙끙 앓고 있었다.

이제 그만, 지나간 것에 미련 갖지 말고 깨끗하게 흘려보

내자. 그래, 그땐 그랬지. 다음엔 그러지 않을 거야. 오늘도

한 걸음 나아간 자신을 토닥이며 시원하게 보내는 거다.

얼어 죽어도 아이스 아메리카노

지나간 것은 지나간 대로 흘려보내야 함을 잘 알고 있음에도 좀처럼 내려놓기가 힘들었다. 정작 당사자는 그런 일이 있었는지조차 까마득히 잊은 채 편안하게 잠을 이루고 있을 텐데, 혼자만 미련하게 되돌릴 수 없는 일에 끙끙 앓고 있었다.

불만은 대개 쓸모가 없다

나는 왜 여기서 이러고 있는 거지?

나는 왜 이렇게 생긴 거지?

나는 왜 이렇게 걱정이 많지?

나는 왜 이렇게 지지리 궁상이지?

그러니까 나는 도대체 왜?

불안에 압도될 것 같을 때 나는 지금 하고 있는 생각에서 '왜?'를 지워본다. 나의 경우에, 불안을 만들어내는 질문은 사실 불만에서 시작된 경우가 많다. 어떤 형태로든 어쨌든

얼어 죽어도 아이스 아메리카노

지금 내가 도무지 마음에 들지 않다는 것의 다른 표현이다. 그래서 불안에 압도될 때는 우선 '왜?'를 지운다. 그것만으로도 있는 그대로의 지금 내 모습을 관찰할 수 있다.

나는 여기서 이러고 있다.
나는 이렇게 생겨먹었다.
나는 걱정이 많다.
나는 지지리 궁상을 떨고 있다.

사실 이유는 없다. 그냥 마음에 들지 않을 뿐이다. 대단한 해결책을 찾는 것처럼 보이지만, 이런 경우에는 투정을 부리고 있는 것이다. 투정을 자르고 가만히 들여다본다. 불안은 있는 그대로의 모습을 가만히 보고 있는 것만으로도 가라앉는다. 내가 쏟아내는 말에서 감정을 지우면 있는 그대로의 사실이 남는다.

감정이 이리 저리 들쭉날쭉 들쑤실 때는 해결책을 찾을 수가 없다. 잔뜩 화가 나서 목소리를 높이고 있는 사람을 몇 마디 말로 설득시키기엔 쉽지 않듯이 말이다. 화를 가라앉히게 하는 가장 효과적인 방법은 화를 내고 있는 자신의 모습을 볼 수 있게 하는 것이다. 마주하면 화는 사라진다. 화가 사라지면 두려움과 갈망이 남는다. 벗어나고 싶다는.

감정이 가라앉으면 대화가 가능하다. 작은 틈을 찾는다. 그리고 무엇을 배우거나 책을 읽거나 잠을 자거나 혹은 밖으로 나가 찬바람을 쐬며, 그곳을 새로운 것들로 채워 나가면 그만이다.

얼어 죽어도 아이스 아메리카노

현실을 바꾸는 것은 오로지 행동이다.

걱정과 불안과 분노는 어떤 도움도 되지 않는다.

———————

내 안에 밑밥 깔기

스스로 부족하다는 사실을 인정하는 것만으로도 한결 가벼워질 때가 있다. 도무지 왜 그렇게까지 나를 닦달하며 살았는지 모르겠다. 내가 반드시 남보다 잘해야 하는 건 아닌데, 특별히 애착을 가지고 있지 않던 일도 내가 아닌 다른 사람의 이름이 거론되면 불편했다. 내가 일을 못해서가 아니라, 그 사람이 일을 잘해서 칭찬이 오고 가는 것일 뿐인데. 나 혼자서 화를 삭이며, '나보다'라는 조건을 아무런 이유도 쓸모도 없이 가져다 붙이고, 혼자 상처받는다.

얼어 죽어도 아이스 아메리카노

나는 삶의 전반에 대해 인정욕구가 지나치게 높다. 특히 관계에 있어선 사소한 일에도 다른 사람의 눈치를 보고, 그들에게 나란 존재의 필요를 드러내고 싶어 한다. 내게 있어 '나 잘하고 있지?'라는 말의 동의어는 '나 안 떠날 거지?'이다. 예쁨받고 싶다. 그래야 내 곁에 있어줄 것만 같은가보다. 어린아이 같은 마음은 다 자라서도 그대로다.

분명 갑과 을의 위치가 존재한다. 우리는 자신도 모르는 사이에 상대방의 기를 견주며 나보다 센 지 약한 지 혹은 동등한 지를 파악한다. 모두가 그런 것은 아니지만, 보통 말수가 적고 신중해 보이는 사람이 갑의 위치를 차지하고, 타인의 눈치를 보는 사람이 을의 위치를 도맡는다. 그 이유는 갑이 잘나서가 아니라 을이 눈치를 보며 슬금슬금 아랫자리로 찾아가기 때문일 것이다. 이런 경우가 사실 가장 슬프다. 누가 뭐라고 하지 않아도 불안함은 끝없이 나를 의심하면서 부족한 부분을 들추어낸다.

그런데 '남과 비교해서'라는 조건에서 사실 그 타인이란 정말 내 앞에 놓인 그 사람 자체가 아니라, 내가 생각하는 '이상적인 모습'을 씌운 경우가 많다. '남들은 잘만 하는데'에서 '남'은 사실 내가 보고 싶은 면만 모아 놓은 사람들이다. 알고 보면 누구도 완벽하지 않으며, 누구도 자유롭지 못하다.

그러니 지나치게 심리적으로 위축될 땐, '에라 모르겠다'는 태도가 도움이 되기도 한다. '나는 부족하다'라는 말로 선방을 날려 실수할까봐 잔뜩 예민해진 내 무의식의 경계를 느슨하게 하는 것. 하지만 그 말에 무작정 포기해 버리지는 않게, '하지만 점점 나아지고 있다'라는 말로 후방을 다지는 것, 즉 균형이 필요하다.

나의 부족함에 일종의 밑밥을 깔아 두자. 너무 나를 몰아세우다 보면 필요 이상으로 뾰족해지며, 지나고 보면 '그럴 수 있지'라며 끄덕일 수 있는 실수도 유독 크게 느껴진다.

얼어 죽어도 아이스 아메리카노

나에 대한 선입견을 잠시 지우고 가만히 들여다보면 잘한 일이 많은 데도 못한 일이 다수라, 섣불리 판단하는 것처럼 생각을 마비시켜 버린다. 그러니 가끔은 기대치를 낮추는 것이 필요하다.

관계의 권태

연인 사이에 있어 서로 바빠서 헤어졌다고 하는 것은 사실 더 이상 당신에게 마음을 내어주고 싶지 않다는 뜻이다. 마음이라는 건 지속해서 정성을 들여 쏟지 않으면 멀어지는 것이 본질이기 때문이다.

관계에 능숙하지 못한 나는 어느 것도 제대로 하지 못해 늘 놓아버리기 일쑤였다. 이제 와서 매달리기엔 자존심이 상하고 그렇다고 그대로 내버려 두기엔 지나치게 외로웠다. 잡을 수도 놓을 수도 없어 끙끙 앓았다.

얼어 죽어도 아이스 아메리카노

자의이든 타의이든 관계에 권태가 찾아왔다면 그만 놓아 주어야 한다. 못난 미련에 악착같이 붙잡고 있어 봐야 이미 끝난 관계는 스스로를 더욱 위태롭게 할 뿐이다. 당장은 놓는 순간 모든 것이 끝난 것처럼 힘들겠지만, 지나고 보면 정말 아무것도 아니다. 그러니 나를 힘들고 아프게 하는 관계는 미련 없이 놓아 주자.

가까운 관계일수록

가까이에서 날 오래토록 지켜보던 친구가 물었다. "왜 그렇게 힘들게 살아?"라고. 그래서 무슨 말이냐고 되물었다. 그러자 친구가 말을 바꾸어 물었다. "뭘 그렇게까지 바쁘게 사냐고." 한참을 고민하다가 이번엔 내가 물었다. "그래서 넌 괜찮아?"라고. 친구는 아무 말도 하지 않았다.

가끔은 서로를 걱정하는 척 뱉은 말에 잔가시가 박혀 꽤 아플 때가 있다. 바쁨에 중독된 듯 보이는 사람들은 슬픔을 잊으려 바쁨을 선택한다. 손과 발을 멈추는 순간 있는 그대

얼어 죽어도 아이스 아메리카노

로의 나를 바라보는 것이 두려워서 부지런히도 움직인다. 때로는 자학적으로 보이기도 한다.

그런 내게, 왜 그렇게 힘들게 사냐는 친구의 말은 아프게 들렸다. 서로를 잘 알고 있는 사이라서 유난히 더 그랬는지도 모르겠다. 가까이에서 지켜봐 온 시간이 무색할 만큼 도무지 이해가 가지 않는다는 표정으로, 그리고 조금은 한심스럽다는 숨으로.

가까워서 서로의 취약점까지 잘 알고 있는 우리는 서로를 물고 물었다. 차라리 '뭘 그렇게까지 바쁘게 사냐?'는 말 대신 '힘내' 또는 '밥 먹자' 라고 말했다면. 어떠한 형태로든 지쳐 보이는 사람에겐 그렇게 대수롭지 않게 건네는 일상적인 안부 인사가 더 나았을지도 모른다.

우리는 때때로 가까운 사람일수록 더 쉽게 말하곤 한다. 그것이 상대방에게 상처가 되는지도 모르고. 가깝고 소중한 사람일수록 배려와 다정함을 잊지 말아야 한다.

걱정이 많아 걱정인 사람

세상에는 많은 종류의 사람이 있고 그중 '사서 걱정하는 사람'이 있는데 내가 딱 그런 사람이었다.

애써 주의를 다른 곳으로 돌리기 위해 노력했지만 그것은 오히려 또 다른 걱정이 되어 돌아왔다. 한 알 먹고 나면 걱정이 말끔히 사라지는 약이 있다면 얼마나 좋을까. 그렇게 한참을 머리가 지끈해질 때까지 걱정에 걱정을 반복하다 보니 이제는 정말 질릴 대로 질려버렸다.

그래서 이젠 나를 탓하기보다 그냥 내버려 두어야겠다고

얼어 죽어도 아이스 아메리카노

생각했다.

이런 '나'도 결국 '나' 자신임을 인정하는 과감한 결단이 필요하다.

유태인이자 정신과 의사였던 빅터 프랭클은 '죽음의 수용소에서'라는 책에서 이렇게 말하고 있다.

"신경질환 환자가 자기 자신에 대해 웃을 줄 알게 되면 그것은 그가 자신의 문제를 스스로 처리할 수 있는 상태, 아니 어쩌면 병을 치료할 수 있는 상태에 이르렀다는 것을 의미한다."

이렇게 생겨 먹은 걸 어쩌겠어. 피식 웃으며 스스로를 과감하게 인정해버리는 것이다. 자책할 필요도 없다. 혹시 또 모르지, 후에 이 걱정 많은 성격이 자양분이 될지도.

나에 대한 선입견을 잠시 지우고 가만히

들여다보면 잘한 일이 많은 데도 못한

일이 다수라 섣불리 판단하는 것처럼,

생각을 마비시켜 버린다. 가끔은 기대치

를 낮추자.

스스로 쓸데없는 걱정을 하고 있다는 사실을
인정함으로써 무작정 함몰되어 버리지만 않
는다면 이 정도는 괜찮다.

걱정이 너무 깊어지지 않도록 적당한 타이밍
에 비웃어 줄 수 있는 정도만 지키면, 걱정이
많아 걱정인 사람은 어쩌면 좀 더 주의 깊고
신중한, 꽤 괜찮은 사람인지도 모른다.

————————

그래서 다행이야

/

별일 아닌 일을 별일로 만드는 것.

내가 가진 정말 특이한 취향이다. 어떤 일이 주어지면 '왜 하필 나인가' 하는 의문 때문에 그 생각을 좀처럼 놓지 못했다. 그래서 일련의 사건 때문에 넘어지고 나면 한참을 주저앉아 마음을 앓아야 했다.

그렇게라도 충분히 울고 난 뒤 털고 일어서면 될 것을, 나는 우는 것과 털고 일어서는 것, 그 어느 것 하나도 제대로 하지 못했다. 그래서 앞으로 걸음을 떼면서도 미련이란 이

얼어 죽어도 아이스 아메리카노

름으로 자꾸만 뒤를 돌아보며 스스로를 자책하고 미워했다.

결혼 전에 산부인과에서 검진을 받은 적이 있다. 그날 딱 유방초음파 담당 선생님께서 자리를 비우셔서 유방초음파를 제외한 모든 검사를 마치고 집으로 돌아왔었다. 그로부터 3년이 지난 어느 날, 드디어 첫 유방검진을 다녀왔는데 왼쪽 가슴에 아주 작은 종양이 하나 있다는 사실을 듣게 되었다. 몇 달 뒤 정기 검진에서 하나가 아니라 두 개라는 사실을 들었을 땐, 아이의 얼굴이 먼저 떠올랐다.

별일 아닌 것을 별일로 만드는 특이한 취향을 가지고 있던 나라서, 생각은 꼬리에 꼬리를 물어 부풀었고 '왜 하필 나인가'라는 최종 의문에 머물렀다. 덜컥 겁이 났고, 종양 중 악성일 수도 있는, 정말 몇 안 되는 확률에 두려워했다.

미친 듯이 휘몰아치는 두근거림을 잠재우고 싶었다. 잠시라도 좋으니 생각을 내려놓고 몸의 긴장을 풀고 싶었다.

그래서 차 안에 홀로 앉아, 평소에 즐겨 듣던 스님의 강의를 들었다. 노승께서 화면 너머로 내 두 눈을 바라보며 낮게 읊조리셨다.

"이미 삶은 주어져 있다. 즐겁거나 괴롭거나 어떻게 살 것인가는 나의 선택일 뿐이다. 태어났다면 누구나 다 행복하게 살 권리가 있다."

이유가 있어서 태어난 것이 아니라, 태어났기 때문에 이유가 생기는 것이라는 스님의 말씀에 불안으로 요동치던 마음이 일순간 고요해졌다. 넘어지면 툭툭 털고 일어나면 그만일 뿐, 왜 넘어졌는지를 따지고 들 필요는 없었다.

그 일이 왜 하필 나에게 닥쳤냐는 의문은 아무런 의미가 없다. 어쩌면 결혼 전부터 그러니까 꽤 옛날부터 가슴에 품고 있었던 것일 수도 있고, 종양도 세포라 생겨났다가 죽었다가를 반복할 뿐이었다. 게다가 생각보다 많은 사람이 몸

얼어 죽어도 아이스 아메리카노

에 한두 개 정도의 종양을 가지고 아무렇지 않게 살아가고 있다는 것을 알게 됐다.

다행히도 지금은 상태가 괜찮아져서 추적 관찰이 필요한 종양만 남아 있고, 나는 온전하게 숨을 쉬며 잘 살아가고 있다. 그러니 이제 내가 해야 할 일은 '왜'라는 의문을 지우고, 정기적으로 검진을 받고, 오늘을 조금 더 행복하게 즐기는 것뿐이다.

행복한 순간에는 사진을 찍는다

사진을 찍는다는 것은 기억의 한 순간을 잘라 놓는 일이다. 잊고 싶지 않은 찰나의 순간을 그렇게라도 간직하고 싶은 마음으로 카메라에 담는다. 내 것 같지 않아 더 머물고 싶은 그래서 소름끼치게 설레는 풍경을 찍고, 다시는 오지 않을 것 같아서 두고두고 보고 싶은 마음으로 누군가의 모습을 찍는다. 혹은 지지리도 못난 내가 조금은 예뻐 보인다는 이유로 사진을 찍고, 이것마저도 뒤처지고 싶지 않다는 여린 마음으로 따라 찍는다. 사진을 찍는 이유야 여러 가지이지만, 늘 마주하던 평소와는 다른 순간임에 틀림없기에, 그

얼어 죽어도 아이스 아메리카노

때만큼은 설레기도 하고 조금은 더 기대를 한다.

이런 행동이 못마땅한 사람들은 카메라를 드는 순간, 소중한 지금이 잘려나갈 뿐이라고 경고한다. 카메라를 내려놓고 지금에 한껏 녹아드는 것이 중요하다고 힘주어 말한다. 남는 것은 사진이 아니라 기억이라면서. 찍느라 놓친 순간의 감정은 똑같은 조건이 주어진다고 해도 다시 돌아오지는 않는다면서. 그것 또한 맞는 말이다.

사람은 떠나도 기억은 남는다. 하지만 기억은 가끔 필요에 따라 왜곡되지만 사진은 변하지 않는다. 그래서 기억보다 사진이 더 필요할 때가 있다.

가끔은 지나간 자리에 상처만 덩그러니 남는데, 시간이 지날수록 상처가 기억을 덮어서 지난날을 떠올리면 온통 슬픔일 때가 있다. 이럴 땐 앨범 속에 묵혀 두었던 사진들이 간절해진다. 온통 파랗지는 않았다고, 여기 증거가 있다고 내어 보일 순간들이 필요하다.

다만 모든 사진들이 그런 가치를 가지는 것은 아니다. 사
진이라고 해서 모두가 같은 사진은 아니고 진심이 담겨야
효력을 지닌다. 나름의 의미를 부여하면 할수록 그만큼 사
진의 가치는 올라간다. 그런데 자신도 모르는 사이에 진심
을 잃어버린 우리는 지금 만들 수 있는 최선의 멋을 담는 것
이 사진이라 착각한다. 좋은 사진은 필요할 때에 나타나 나
를 토닥여주지만 가짜 사진은 부끄럽고 초라하게 만든다.

얼어 죽어도 아이스 아메리카노

지금 이 순간마저 조작하지는 말 것.

찍고 나면 서둘러 지워버리는

그런 가짜 웃음은 담지 말 것.

있는 그대로 보일 수 있는 그대로를 남겨 둘 것.

당장은 초라하고 못나 보이더라도,

어차피 지나고 나면

조금은 더 아름다워 보일 테니까.

_____

좋은 사람 곁에 좋은 사람이 모인다

나만 보면 다른 사람의 험담을 쏟아내는 사람, 물리적으로든 정신적으로든 어떻게든 나를 이용하려는 사람, 가장 소중한 사람을 지나치게 홀대하는 사람, 모든 것을 자신의 아래에 있는 것처럼 여기는 사람.

나는 가까이에 이런 사람이 늘어나면 내게 적신호가 왔다고 여긴다. 한 번쯤은 진지하게 나를 되돌아보아야 하는 몇 가지 중요한 단서가 되는 셈이다.

조금만 각도가 틀어져도 시간이 지나면 길은 완전히 달라진다. 정작 달릴 때는 깨닫지 못한 채 한참을 지나오고 나서야 잘못되었다는 것을 깨닫는다. 시간을 잃어버린다. 사람도 잃고 한 때 잘해 보려던 마음도 잃는다. 다시 시작하려는 의지를 다지는 것이 얼마나 고독하고 괴로운 일인지 알게 된 후로, 내 나름의 이정표를 만들었다. 지금 내 옆에 어떤 사람들이 함께 하느냐를 통해 제대로 가고 있느냐를 살핀다. 그래서 단순한 업무 관계가 아닌 자주 말과 생각을 섞는 개인적 거리에 어떤 사람이 있느냐가 매우 중요하다.

나와 관계하는 사람들을 찬찬히 살펴보면 지금 나의 모습을 짐작할 수 있다. 나와 함께 하고 있는 사람이 '좋은' 사람인가. 그러니까 자신을 소중하게 여기고 곁에 있는 이들을 배려하는가. 만약 그렇지 않다면, 그들과의 관계를 잠시 끊고 나를 되돌아보아야 한다.

유난히 '이상한' 사람들이 곁에 많아졌다는 것은 아닌 척
해도 지금 나의 관심사가 그것에 머물러 있는지도 모른다.
비슷한 때에 비슷한 욕구를 가진 사람들이 모이는 법이니
까. 혹은 나의 곁에 이상한 사람은 없는 것 같은데 그렇다고
좋은 사람도 없다면, 그것 또한 변화의 순간이 왔음을 의미
한다. 내가 좋은 사람이어야 그런 결의 사람이 모인다.

조용하지만 묵묵히 자신의 꿈을 이루어나가는 사람

사람을 소중하게 여길 줄 아는 사람

생각의 힘을 알고 긍정적인 말을 하는 사람

사소한 순간에도 행동의 무게를 알고 조심하는 사람

바닥에 발이 닿지 않으면 언젠가는 무너지고 만다. 내가
지금 너무 들떠 있지는 않은지, 점검할 필요가 있다.

얼어 죽어도 아이스 아메리카노

나와 관계하는 사람들을 찬찬히 살펴보면

지금 나의 모습을 짐작할 수 있다.

나와 함께 하고 있는 사람이 '좋은' 사람인가.

만약 그렇지 않다면,

그들과의 관계를 잠시 끊고

나를 되돌아보아야 한다.

———————

결국은 잘될 거야

결국은 잘될 거라는, 어깨를 토닥이며 누군가 건네주던 그 말. 어떤 날은 정말 그렇게 될 것만 같아서 그 말을 붙잡아 하얀 종이에 붉은 펜으로 적어놓고 싶을 때도 있었고, 또 어떤 날은 울적한 마음에 패대기치고 싶을 때도 있었다.

결국은 잘될 거라는, 사실은 내가 내뱉은 말 중 가장 불확실하고 불안한 그 말. 그럼에도 달콤한 그 속삭임이 바람과 비슷한 성질이 되어 날아오기를 기도한다. 공허한 시간 속에서 돌고 돌아 그 누구라도 잡아주길 기다리는 축 처진 어깨에 닿을 수 있기를. 잠시라도 그 어깨를 토닥여주길 간절히 바란다.

그래서 나는 아무도 듣는 이 없는 말들을 허공에 툭툭 뱉어본다. 결국은 잘될 거라고, 사실은 나를 향한 위로에 지나지 않는 그 말을 지금 이 바람결에 부지런히 새겨 넣는다.

머릿속에 차례를 지어 떠오르던 불안과 걱정이 순간 엉켜, 누가 먼저냐 싸우다가 지쳐버릴 때까지 마치 주문을 외는 것처럼 중얼거렸다. 결국에는 잘될 거라고. 그러고는 가슴이 뻐근해질 때까지 숨을 들이마셨다.

그럼에도 자꾸만 숨이 가빠질 때면 모든 것을 멈추고 몸을 동그랗게 말았다. 온몸이 바들바들 떨려올 때까지, 나의 어깨를 두 팔로 힘껏 끌어안았다. 코끝이 시려왔다. 바보 같다. 그럼에도 다시금 몇 번이고 스스로를 다독인다.

"결국은 잘될 거야. 잘하고 있어. 그러니까 괜찮아."

엔딩 크레딧

어떻게 하면 사람들과 잘 지낼 것인가를 고민하기 전에
어떻게 하면 나에 대해 잘 알 것인가를 고민하고
무엇보다 가장 먼저 지금의 나를 바라보아야 합니다.

관심을 두지 않으면 사랑할 수 없고
사랑하지 않으면 비난할 자격도 없습니다.

그러니 미련하게 고집스러운 나도
결국 나라는 것을 인정하고,
세상의 잣대에 흔들리지 말고
온전히 나를 사랑하고 안아주세요.

오늘도 수고했다고,
잘하고 있다고,
결국 모든 게 다 괜찮아질 거라고.

얼어 죽어도 아이스 아메리카노

초판 1쇄 발행 2020년 04월 20일
초판 8쇄 발행 2021년 03월 05일

지은이 이솜
펴낸이 김기용·김상현

편집 전수현 최은정　　**디자인** 이현진
마케팅 김정아 조광환

펴낸곳 필름(Feelm) 출판사
등록번호 제2019-000086호　　**등록일자** 2016년 6월 13일
주소 서울시 마포구 월드컵북로5가길 31, 2층 (서교동 447-9)
전화 070-8810-6304　　**팩스** 070-7614-8226　　**이메일** office@feelmgroup.com

---

필름출판사 '우리의 이야기는 영화다'

우리는 작가의 문체와 색을 온전하게 담아낼 수 있는 방법을 고민하며 책을 펴내고 있습니다.
스쳐가는 일상을 기록하는 당신의 시선 그리고 시선 속 삶의 풍경을 책에 상영하고 싶습니다.

홈페이지 feelmgroup.com　　**인스타그램** instagram.com/feelmbook

ISBN 979-11-88469-48-2 (03810)